紅樓夢古抄本叢刊

俄羅斯聖彼得堡藏

石頭記

【三】

人民文學出版社

石頭記第二十九回

享福人福深還禱福

痴情女情重愈斟情

話說寶玉正自發怔不想林黛玉將手帕子甩了來正碰在眼睛上到唬了一跳問是誰黛玉搖着頭兒咲道不敢是我失了手因為寶姐〻要看呆(獃)雁我比給他看不想失了手因為寶玉摞着眼精(睛)待要說什

庅又不好説的一時鳳姐兒來了因説起一日在清虛觀打醮的事來遂約要同着寶釵寶玉黛玉等看戲去寶釵咲道罷〻怪熱的什庅没看過的戲我不去鳳姐兒道他們那里凉快西邊又有楼偺們要去我頭幾天打發人去把那些道士都赶出去把楼上都打掃了掛起簾子來一個閒人不許放進廟去纔是好呢我已経回了太〻

你們不去我去這些日子也悶的很了家里唱動戲我又不得舒〻展〻的看賈母聽說咲道既這庅着我同你去鳳姐聽說咲道老祖宗也去赶情好了就只是我又不得受用了賈母道到明兒我在正樓上你也不必到我這邉來立規矩好不好鳳姐兒咲道這就是老祖宗疼我了賈母因又向寶釵道你也去曠〻連你母親也去

長天老日的在家里也是睡覺寶釵只得荅應着賈母又打發人去請了薛姨媽順路告訴王夫人要帶了他姊妹去曠王夫人因一則身上不好二則預備着元春有人出來早已回了不去的聽賈母如此說還咲道還是這庅高興因打發人去到園子里告訴有要曠去的只管初一跟了老太太曠去這句話一傳開了別人都還可

已只是那些了頭們天天不得出門檻兒的聽了這話誰不愛去便是各人的主子懶待去他也萬般的攛掇了去因此李宮裁等都說去賈母越發心中歡喜早已打發人打掃安置都不必細說單表到了初一這一日榮國府門前車轎紛紛人馬簇簇那底下凡執事人等聞得是貴妃作好事賈母親去拈香正是初一日月之首日

况是端陽節間因此凡動用的什物一色
都是齊全的不同往日一樣少時賈母等
出來賈母獨坐一乘八人大亮轎李氏鳳
姐兒薛姨媽每一人一乘四人轎寶釵黛
玉二人共坐一輛翠蓋珠纓八寶車迎春
惜春探春三人共坐一輛朱輪華蓋車然
後賈母的丫頭鴛鴦鸚鵡琥珀珍珠林黛
玉的丫頭紫鵑雪雁春纖寶釵的丫頭鶯

兒文杏迎春的丫頭司棋綉橘探春的丫
頭待書翠墨惜春的丫頭入畫彩屏薛姨
媽的丫頭同喜同貴外帶着香菱香菱的
丫頭素雲碧月鳳姐的丫頭平兒豐兒小
紅並王夫人的兩個丫頭也要跟了鳳姐
兒去的是金釧兒彩雲奶子抱着大姐兒
帶着巧姐兒另是一車還有兩個丫頭一
共再連上各房的老嬤嬤奶娘並跟出門

的家人媳婦子爲壓〻的跕了一街的車賈母等已經坐轎去了多遠這門前尚未坐完這個說我不同你在一處那個你壓了我們奶〻的包袱那邊車上又說蹭了我的花兒這邊又說、磞斷了我的扇子咭咭呱呱說咲不絕周瑞家的走來過去說道姑娘們這是街上看人家咲話說了兩遍方覺好了前頭的全副執事擺開早已

到了清虛觀門口寶玉騎着馬在賈母轎
前街上的人都跕在兩邊將至觀前只聽
鐘鳴鼓响早有張法官執笏披衣帶領衆
道士在路傍請安賈母的轎剛至山門以
内賈母在轎内因看見有守門大帥並千
里眼順風耳當房土地本境城隍各位泥
胎聖像便命住轎賈珍帶領各子侄上來
迎接鳳姐兒知道鴛鴦等在後面赶不上

來換賈母自已下了轎忙要上來換可巧
有個十二三歲的小道士兒拿着簡筒照
管各處的爉花正欲得便且藏出去不想
一頭撞在鳳姐兒懷内鳳姐兒便一揚手
照臉一下把那小孩子打了一個筋斗罵
道野牛肏的朝那里跑那小道士也不顧拾
燭剪爬起來往外還要跑正值寶釵等下
車衆娘婆媳婦正圍隨的風雨不透但見

一個小道士滚了出來都喝聲叫拿拿拿
打〻打賈母聽了忙問道是怎庅了賈珍
忙出來問鳳姐兒上去摻住賈母就回說
一個小道士兒剪灯花的没躲出去這會
子混鑽呢賈母聽說忙道快帶了那孩子
來別唬着他小門小户的孩子都是嬌生
慣養的慣了那里見的這個勢派可憐見
的倘或一時唬着了他他老子娘豈不疼的

慌説着便吽賈珍去好生帶了來賈珍只得去拉了那孩子來那孩子還一手拏着燭剪跪在地下亂戰賈母命賈珍拉起他來吽他不要怕問他幾歲了那孩子痛説不出話來賈母還説可憐見的又向賈珍道珍兒兒帶他去罷給些錢買菓子吃别吽人難為了他賈珍荅應了領他去了這里賈母帶着衆人一層一層的觀玩外面

小廝們見賈母等進入三層山門忽見賈珍領了一個小道士出來叫人來帶去給他幾個錢不要難為了他家人聽説忙上來幾個領了下去賈珍站在堦磯上因問管家在那里底下站的小廝們見問都一齊喝聲説叫管家登時林之孝一手扣着帽子跑了來到賈珍跟前賈珍道雖説這里地方大今兒不承望來這庅些人你使

的人你就帶了你的那院里去使不着的打發到那院里去把小么們挑幾個在這二層門上同兩邊角門上伺候着要東西傳話你知道不知道今兒小姐奶〻們都出來了一個閒人也不許到這里來林之孝忙答應曉得又說了幾個是賈珍道去罷又問怎麼不見蓉兒一聲未了只見賈蓉扣着鈕子從鐘樓里跑了出來賈珍道

你睄〻他我這里没熱他到乘凉去了喝
令家人啐他那小厮便問賈蓉道爺還不
怕熱哥兒怎庅先乘凉去了賈蓉拖着手
一聲不敢説那賈芸賈芹賈萍等聽見了
不但他們謊了亦且連賈璜賈㻞賈瓊等
也都忙帶了帽子一個〻從墻根下慢〻
的溜上來賈珍又向賈蓉道你跕着作什
庅還不騎了馬跑到家里告訴你娘母子

去老太〻同姑娘們都來了叫他們快來伺候賈蓉聽說忙跑了出來一叠連聲要馬一面抱怨道早都不知作什庅的這會子尋趣我一面又駡小子捆着手呢馬也拉不來待要打發小廝去又怕後來對出來說不得親自走一淌騎馬去了不在話下且說賈珍方要抽身進去只見張道士跕在傍邊陪咲說道我論理比不得別人

應該在里頭伺候只因天氣炎熱衆位千
金都出來了法官不敢擅入請爺的示下
恐老太〻問或要隨喜那里我只在這里
伺候罷賈珍知道這張道士雖然是當日
榮國公的替身兒後又作了道録司正堂
曾經先皇御口親封為大幻仙人〻如今現
掌道録的印又是當今封為終了真人現
今王公藩鎮都稱他為神仙所以不敢輕

慢二則他又常往兩個府里去凡夫人小姐都是見的今見他如此說便咲道偺們自已你又說起這話來再多說我把你這鬍子還撏了你的還不跟我進來那張道士呵〻咲着跟了賈珍進來賈珍到賈母跟前控身陪咲說道張爺〻進來伺候賈母聽了忙道攙過來那張道先呵〻咲道無量壽佛老祖宗一向福壽康寧衆位奶

奶小姐納福一向没到府里請安老太〻氣色越發好了賈母咲道老神仙你好張道士咲道托老太〻萬福萬壽小道也還康健别的到罷只記掛着哥兒一向身上好前日四月二十六日我這里做遮天大王的聖誕人也來的少東西也狠干净我說請哥兒來瞶〻怎庅說不在家賈母咲道果真不在家一面回頭呌寳玉誰知寳

玉觧手去了纔來忙上來問張爺〻好張道士忙抱住請了安又向賈母咲道哥兒越發〻福了賈母道他外頭好里頭弱又搭着他老子逼着他念書生〻的把個孩子逼出病來了張道士道我前日在好幾處看見哥兒寫的字作的詩都好的了不得怎庅老爺還報怨說哥兒不大喜歡讀書呢依小道看來将就罷了又嘆道我看

見哥兒的這個形容身段言談舉動怎庅就同當日國公爺一個稿子說着兩眼流下淚來賈母聽說也由不得滿臉淚痕說道正是呢我養了這些兒子孫子也沒個像他爺〻的就只是玉兒像他爺〻那張道士又向賈珍道當日國公爺的模樣兒爺們一輩的不用說自然沒赶上大約連大老爺二老爺也記不清楚了說畢呵〻

又一大咲又道前兒在一個人家看見一位小姐今年十五歲了生的到也好個模樣兒我想着哥兒也該尋親事了若論這個小姐模樣兒聰明智慧根基家當到也配的過但不知老太〻怎庅樣小道也不敢造次等請了老太〻的示下纔敢向人去張口賈母道上回有個和尚說了這孩子命里不該早娶等再大一大兒再定親

你可如今也打聽着不管他根基富貴只要模樣兒配的上就好來告訴我便是那家子窮不過給他幾兩銀子也罷了只是模樣兒性格兒難得好的說畢只見鳳姐兒咲道張爺〻我們了頭的符你也不換了去前兒虧你還有那們大臉打發人和我要鵝黄緞子去我要不給你又怕你那老臉上過不去張道士呵呵大咲道你瞧

我眼花了也沒看見奶〻在這里也沒道多謝符早已有了前日原要送去的不料娘〻來做好事就忘了還在佛前鎮着待我取來說着跑到大殿上去一時拿了一個茶盤子搭着大紅蟒緞経袱子托出符來大姐兒的奶子接了符張道士方欲抱過大姐兒來只見鳳姐兒咲道你手里拿來也罷了又用個盤子托着張道士道手

里不干不净的怎庅拿用盘子洁净些凤姐儿咲道你只顾拿出盘子来到唬我一跳我不说你是为送符到像是和我们化佈施来了众人听说閧然一咲连贾珍也掌不住咲了贾母回头道猴儿猴儿你不怕下割舌地狱凤姐儿咲道我们爺儿们不相干他怎庅常常的说我该积阴隲迟了就短命呢张道士也咲道我拿出盘子

來一舉兩用却不為化佈施到要将哥兒的這玉請了下來托出給去那些遠來的道友並徒子徒孫們見識見識賈母道既這麽着你老天拔地的跑什麽就帶他去瞧了叫他進來豈不省事張道士道老太太不知道看着小道是八十多歲的人托老太〻的福到也健朗二則外面的人多氣味難聞況是個暑熱天哥兒受不慣倘

或哥兒受了腌臢氣味到值多了賈母聽
說便命寶玉摘下通靈玉來放在盤内那
張道兢兢業業的用蟒袱子墊了捧了去
無這里賈母與衆人各處遊玩了一回方
去上楼只見賈珍回說張爺爺送了玉來
了剛說着只見張道士捧了盤子走到跟
前咲道衆人托小道的福見了哥兒的玉
實在可罕都没什麼敬賀之物這是他們

各人傳道的法器都愿意為敬賀之禮哥
兒便不稀罕只留着在房里頑要賞人罷
賈母聽說向盤内看時只見也有金鐄也
有玉玦或有事々如意或有歲々平安皆
是珠穿寶貫玉琢金鏤共有三五十件因
說道你也胡鬧他們出家人都是那里來
的何必這樣這斷不收的張道士咲道這
是他們一點敬意小道也不能阻擋老太宝

太玉道張爺〻既說又推辭不得我要這個也無用不如呌小子捧了這個跟我出去散給窮人罷賈母咲道這道到說的是張道士又忙攔道哥兒雖要行好但這些東西雖然說不甚希奇到底也是幾件器皿若給了乞丐一則與他們無益二則反道遭遢了這些東西要捨窮人何不就散錢與他們寶玉聽說便命收下等晚間拿錢施捨罷

說畢張道士方退出這里賈母與衆人上了樓賈母在正樓上坐了鳳姐等占了東樓衆丫頭等西樓輪流伺候賈珍一時來回神前拈了戲頭一本白蛇記賈母問白蛇記是什庅故事賈珍道是漢高祖斬蛇方起首的故事第二本是滿床笏賈母咲道這到在第二本上也罷了神佛要這樣也只得罷了又問第三本賈珍道第三本

是南柯夢賈母聽了便不言語賈珍退了下來至外邊預備着伸表焚錢粮開戲不在話下且說寶玉在楼上坐在賈母傍邊因叫個小丫頭子捧着方纔那一盤子賀禮自已將玉帶上用手擕弄一件一件的挑與賈母看賈母因看見有個赤金點翠的騏驎麒麟便伸手拿了起來咲道這件東西好像我看見誰家的孩子也帶着這麼一

個寶釵咲道史大妹〻有一個比這個小
些〻賈母道原來是湘雲兒有這個寶玉道
他這庅住在我們家我也没看見探春咲
道寶姐〻有心不管什庅他都記得林代
玉冷咲道他在别的上心還有限惟有這
些〻人帶的東西上越發留心寶釵聽説便
回頭粧没聽見寶玉聽見史湘雲有這件
東西便將自已那麒麟拿起來揣在懷内

入刻

妙

一面揣着心里想到怕人看見他聽見史湘雲有了他就留這件因此手里揣着却拿眼精睛飄人只見衆人到不理論惟有林黛玉聽着他點頭兒似有讚嘆之意寶玉不覺心里不好意思起來又掏了出來向林黛玉笑道這個東西道好頑我替你留着到了家穿上你帶林黛玉將頭一扭說道我不希罕寶玉笑道你果然不希罕我

少不得就拿着説着又揣了起來劉要説話只見賈珍賈蓉的妻子婆媳兩個來了彼此見過賈母方説你們又來做什麽我不過没事來曠曠一句話没説了只見人報馮將軍家有人來原來馮紫英家聽見賈府在廟里打醮連忙預偹了猪羊香供茶食之類的東西送了來鳳姐兒聽見了忙赶過正楼來拍手咲道嗳呀我就不防

這個只說偺們娘兒們來閒曠〻人家只當偺們大擺齋壇的來送禮都是老太〻鬧的這又得預備賞封兒剛說了只見馮家的兩個管家娘子上楼來了馮家的兩個未去接着趙侍郎家也有禮來了於是接二連三都聽見賈府打醮女眷都在廟里凢一應遠親近友世家相與都來送禮賈母纔後悔起來說又不是什庅正經事

我們不過閒曠〻就想不到這禮上沒的驚動了人因此雖看了一天戲至下午便回來了次日便懶怠去鳳姐兒又說打墻也是動土已驚動了人家今兒樂得還去曠〻那賈母只因昨日張道士提起寶玉說親的事來誰知寶玉一日心中不自在回家來生氣嗔着張道士與他說了親口口聲〻說從今已後再不見張道士了別

人也不知為什庅緣故二則林黛玉昨日回家又中了暑因此二事賈母便執意不去了鳳姐兒見不去自己帶了人去也不在話下且說寶玉見林黛玉又病了心里放不下飯也懶去吃不時來問林黛玉又怕他有個好歹因說道你只管看你的戲去在家里作什庅寶玉因昨日張道士提親心中大不受用今聽見林黛玉如此說

因想道別人不知道我的心還可恕連他也奚落起我來因此心中更比往日煩惱加了百倍若是別人跟前斷不能動這肝火只是林黛玉說了這話到比往日別人說這話不同由不得立刻沉下臉來道我只白認得了你罷了罷了林黛玉聽說便冷笑了兩聲道我也知道白認得了我那里像人家有什庅配的上呢寶玉聽了便向

好

前來直問到臉上你這庅說是安心咒我天誅地滅你又有什庅益處林黛玉一聞此言想●起上日的話來今日原是自已說錯了又是着急又是羞愧便戰々兢々的說道我要有心咒你我也天誅地滅何苦來我知道昨兒張道士親提的親你怕擋了你的好姻緣你心里生氣來拿我來殺性子原來那寶玉自幼生成有一種下痴

病况從小時和林黛玉耳鬓撕磨心情相對既如今稍明時事又看了那些邪書僻傳凡遠親近友之家所見的那些閨英闈秀皆未有稍及林黛玉者所以早存留一段心事只不好說出來故每每或喜或怒變盡法子暗中試探那林黛玉偏生他也是個有些痴病的也每有假情試探因你也將真心真意如此兩假相逢終有一真

其間瑣〻碎〻難保不有口角之爭即如此刻寶玉的心內想的是別人不知我的心還有可恕難道你就不想我心里眼里只有你不能為我煩惱反來以這話奚落堵噎我可見我心里一時一刻白有了你黛玉心中又道你竟心里自然有我才是雖有金玉相對之說你豈是重這邪說不重我的我便時常提這金玉你自管了然自若無聞的方

見得是待我重而毫無此心了如何我只
一提金玉的事你就着急可知你心里時
時有金玉見我一提你又怕我多心故意
着急安心哄我看來兩個人原本是一個
心但都多生了枝葉反弄成兩個心了那
寶玉心里又想着我不管怎庅樣都好只
要你隨意我便立刻同你死了也情愿你
知也罷不知也罷只由我的心可見你方

和我近不和我遠那林黛玉心里又想着你你你好我就好你何必為我而自失殊不知你失我自失可見你是不吽我近你有意吽我遠你了如此看來他却都是求近之心反弄成疎遠之意如此說來他二人素習所存私心也難備述如今只述他們外面的形容那寶玉又聽他說好姻緣三個字越發逆了已意心里乾噎口里說

不出話來便賭氣向頭上抓下通靈玉來
咬牙恨命往地下一摔道什庅撈子東西
我砸了你完事偏生那玉堅硬非常摔了
一下竟文風不動寶玉見不碎便回身找
東西來砸林黛玉見他如此早已哭起來
說道何苦來你又砸那啞吧東西有砸他
的不如來砸我二人鬧着紫鵑雪雁等都
忙進來勸解後來見寶玉下死力砸玉忙

上來奪又奪不下來見比往日鬧的大了少不得去叫襲人襲人忙赶了來纔奪了下來纔奪了下來寳玉冷咲道我砸我的東西與你們什庅相干襲人見他臉都氣黄了眉眼都變了從來沒氣的這樣便拉着他的手咲道你同妹〻辯嘴不犯着砸他倘或砸壞了叫他心里臉上怎庅過的去林黛玉一行哭着一行聽了這話說到

自已心坎兒上來可見寶玉連襲人不如越發傷心大哭起來心里一煩惱方纔吃的香薷飲解暑湯便承受不住哇的一聲都吐了出來紫鵑忙上來用手帕子接住登時一口一口的把塊手帕子吐濕雪雁忙上來搥紫鵑道雖然生氣姑娘到底也該保重着纔吃了藥好些這會子因和寶二爺辯嘴又吐了出來倘或犯了病寶二

爺怎麽過的去呢寶玉聽了這話說到自已心坎兒上來可見黛玉不如一紫鵑因又見林黛玉臉紅頭脹一行哭一行氣湊一行是淚一行是汗不勝怯弱寶玉見了這般又自已後悔方纔不該同他較証這會子他這個光景我又替不了他心里想着也由不的滴下淚來襲人見他兩個哭由不得守着寶玉也心酸起來又摸着寶玉

的手冰凉待要勸寶玉不哭罷一則又恐寶玉有什庅委曲悶在心里二則又恐薄了林黛玉不如大家一哭就丢開手了因此也流下泪來紫鵑一面收什了吐的藥一面拿扇子替黛玉輕〻的搧着見三個人都鴉雀無聞各自哭各自的也由不的傷起心來也拿手帕子擦泪四個人都無言對泣一時襲人免強向寶玉道你不看别

的你看看這玉上穿的穗子也不該同姑娘辯嘴林黛玉聽了也不顧病赶來奪過去順手抓起一把剪子來要剪襲人紫鵑劉要奪已經剪了幾段林黛玉哭道我也是白効力他也不希罕自有別人替他再穿好的去襲人忙接了玉道何苦來這是我纔多嘴的不是了寶玉向林黛玉道只只管剪我橫豎不帶他也没什庅只顧里

頭鬧誰知那些老婆子們見林黛玉大哭大吐寶玉又砸玉不知道要鬧到什庅田地倘或連累了他們便一齊往前頭回賈母王夫人知道好不干連他們那賈母王夫人見他們忙忙的作一件正経事來告訴也不知有了什庅大禍一齊進園来瞧他兄妹襲人急的報怨紫鵑為什庅驚動了老太太太太紫鵑又只當是襲人去告

許的也報怨襲人那賈母王夫人進來見寶玉也無言林黛玉也沒謠問起來又沒為什庅事便將這禍移到襲人紫鵑兩個人身上說為什庅你們不小心服侍這會子鬧起來都不管了因此將他二人連罵帶說教訓了一頓二人都沒話只得聽着還是賈母帶出寶玉去了方纔平服過了一日至初三日乃是薛蟠的生日家里擺

酒唱戲來請賈府諸人寶玉因得罪了林黛玉二人總未見面心中正自後悔無精打彩的那里還有心腸去看戲因而推病不去林黛玉不過前日中了些暑溽之氣本無甚大病聽見他不去心里想道他是好吃酒看戲的今兒反不往他家去自然是因為昨兒氣着了再不然他見我不得去他也沒心腸去只是昨兒千不該萬不

該剪了那玉上的穗子管定他再不帶了還得我穿了他總帶因而心中十分後悔那賈母見他兩個都生了氣只得趁今兒那邊去看戲他兩個見了也就完了不想又都不去老人家急的報怨說我這老冤家是那世里的孽障偏生遇見了這庅兩個不省事的小冤家不聚頭天不叫我操心真是俗語說的不是冤家不聚頭幾時

我閉了這眼斷了這口氣憑這兩個寃家
閙上天去我眼不見心不煩也就罷了偏
生不嚥這口氣自己報怨着也哭了這話
傳入寶林二人耳内原來他二人從未聽
見過不是寃家不聚頭的這句俗語如今
忽然得了這句話好似參禪的一般都低
頭細嚼此語的滋味都不覺潸然泪下雖
不會面然一個在瀟湘館臨風洒泪一個

在怡紅院對月長吁却是人居兩地情發一心襲人因勸寶玉道千萬不是都是你的不是往日家里的小廝們和他的姊妹辯嘴或是兩口子分爭你聽見了還罵小廝們蠢不能體貼女孩們的心腸今兒你也這庅着了明兒初五大節下你們兩個再這庅仇人是的老太太越發要生氣一定弄的大家不安生依我勸你正経下個

氣兒陪一個不是大家還是照常一樣這
麽也好那麽也好那寶玉聽了不知依也
不依且聽下回分解

石頭記第三十回

寶釵借扇機帶雙敲
椿靈劃薔痴及局外

話說林代玉自與寶玉角口之後也自後悔但又無去就他之理因此日夜悶悶如有所失紫鵑度其意乃勸道論前日之事竟是姑娘太浮燥了些別人不知宝玉那脾氣難道偺們也不知道的為那玉也不

是鬧了一遭兩遭了代玉啐道你倒来替人派我的不是我怎庅浮燥了紫鵑咲道好好的為什庅又剪了那穗子豈不是宝玉只有三分不是姑娘倒有七分不是我看他素日在姑娘身上就好些因姑娘小性兒常要歪派他總這庅樣正說話間只聽得院外叫門紫鵑道這是宝玉的聲氣想必是来賠不是了代玉聽了道若是宝

玉不許開門紫鵑道姑娘又不是了這庅熱天毒日頭地下晒壞了人家怎庅樣呢口裡說着便出去開門果然是宝玉一面讓他進来一面說道我只當宝二爺再不進我們這門了誰知這會子又来了宝玉咲道無論什庅被你們就說大了為什庅不来我便死了魂也要來一日走兩三遭又問道你姑娘大好了紫鵑道身上到好

了些只是心裡的氣不大好宝玉道妹妹
有什庅氣一面説着一面進来只見林代
玉又哭將起来林代玉本不曾哭聽見宝
玉来了由不的傷心止不住滚下泪来宝玉
挨近床来哭道妹妹身上可大好了代玉
只顧拭泪並不荅應宝玉在床沿上坐了
一面哭道我知道你不惱我但只是我不
来之故他們不知道到像是偺們又辯了

嘴了等他們來勸了偺們那時豈不偺們到生分了不如這會子你要打要罵凴着你怎庅着罷可只别不理我說着又把好妹妹叫了幾萬聲林代玉心裡原是要不理宝玉的這會子聽見宝玉說别叫人知道他們辯了嘴就生分了聽了這句話又可見得比别人原親近因此又掌不住便咲道你也不用拿這話來哄我從今已後

再不敢親近二爺了二爺也全當我去了宝玉聽了咲道你往那里去林代玉道我回家去宝玉咲道我跟了去代玉道我死了宝玉道你死了我做和尚去林玉道一聞此言登時将臉放下問道想是你要死了胡說的是什庅你家到有幾個親姐姐妹妹呢明兒都死了你有幾個身子去做和尚明兒到把這話告訴人去評評宝玉

自知這話說的造次了後悔不来登時臉上紅脹低了頭不敢則一聲幸而屋裡沒人林代玉兩眼直瞪瞪的瞅了他半天氣的一聲兒說不出話来見宝玉臉上黨的紫脹便咬着牙用指頭恨命的在他額頭上戳了一下哼了一聲咬牙說道你這剛說了兩個字便又嘆了一口氣仍拿起手帕子擦眼泪宝玉心裡原有無限心事又

兼説錯了話正自後悔又見林代玉戳了他一下要説也説不出来反自嘆自泣因此自已也有所感不覺滚下泪来要用帕子楷拭不想又忘了帯来便用衫袖去擦林代玉雖然哭着却一眼看見了見他穿着簇新藕色紗衫竟去拭泪便一面自己拭着泪一面回身将枕上搭的一方綃帕拿起来向宝玉懷裡一摔一語不發仍掩

面自泣宝玉見他摔了帕子来忙接住拭了泪又挨近前些伸手挽了林代玉一隻身手咲道我的五臟都碎了你還只是哭走罷我同你往太太跟前去林代玉將手一摔道誰同你拉拉扯扯的一天大似一天還是這庅涎皮癩臉的連個道理也不知道一句話沒說完只聽喊道好了宝林兩個不防都唬了一跳回頭看時只見鳳姐

進來咲道老太太在那里報怨天報怨地只吽我來睄睄你們好了沒有我說不用睄過不了兩三天他們自已就好了老太太罵我說我懶不來了果然應了我的話也沒見你們兩個有些什庅可辯的三日好了兩日惱了越大越成了孩子了有這會子拉着手哭的昨兒為什庅又成了烏眼雞不跟我走到老太太跟前去吽老人

家也放些心說着拉了林代玉就走林代玉回頭吽了頭們一個也沒有鳳姐兒道又吽他們作什庅有我服侍你呢一面說一面拉了就走宝玉在後面跟着出了園門到了賈母跟前鳳姐咲道我說他們不用人費心自已就會好了老祖宗不信一定吽我去說合我剛那里要合誰知兩個人到在一處對賠不是了對咲對訴到像

黄鶯抓住了鷄子脚兩個都扣了环那里還要人去説合説的滿屋里都咲起来此時宝釵還在這里那林代玉只一言不發挨着賈母坐下宝玉没有什庅説的便向宝釵咲道大哥哥好日子偏生我又不好了没别的禮送連個頭也不得磕去大哥哥不知我病到像我懶推故不去的倘或明兒問了姐姐替我分辯分辯宝釵咲道

這也多事你便要去也不敢驚動何況身
上不好弟兄們日日在一處要存這個心
到生分了宝玉又咲道姐姐知道體諒我
就好了又道姐姐怎庅不看戲去宝釵道
我怕熱看了兩出熱的狠要走客又不放
我少不的推身上不好就来了宝玉听說
自已由不的臉上不好意思只得又搭訕
咲道怪不得他們拿姐姐比楊貴妃原也

好

体豐怯熱宝釵听説不由的大怒待要怎樣又不好怎樣回思了一會臉紅起来便冷咲了兩般説道我到想楊妃只是没有個好哥哥好兄弟可以作得楊國忠的二人正説着可巧小丫頭靚兒因不見了扇子向宝釵咲道必定是宝姑娘藏了我的好姑娘賞我罷宝釵指他道你要仔細我合你頑過你再疑我和你素日嬉皮咲臉的

那些姑娘們你該問他們去説的靚兒跑了宝玉自知又把話説造次了當着許多人更比相在林代玉跟前更不好意思便即回身又同别人搭搧去了林代玉聽見宝玉奚落宝釵心中着寔得意纔要荅言也趂勢取個咲不想靚兒因找扇子宝釵又發了兩句話他便改口咲道宝姐姐你听了兩出什庅戲宝釵因代玉面上有得

好

意之態一定是听了宝玉方才奚落之言遂了他的心愿忽又見問他這話便咲道我看的是李逵罵了宋江後来又不賠是宝玉又咲道姐姐通今博古色色都知道怎庅連這一出戲的名字也不知道就說了這庅一串子這叫負荆請罪宝釵咲道原来這叫做負荆請罪你們通今博古纔知道負荆請罪我不知道什庅是負荆請

好

罪一句話未說完宝玉代玉二人心裡有病听了這話早把臉羞紅了鳳姐兒于這些上雖不通但只看他三人形景便知其意便也咲着問人道你們大暑熱天誰還吃生姜呢衆人不解便說道沒有吃生姜鳳姐兒故意用手摸着腮咤異道既沒人吃生姜怎庅這庅辣辣的宝玉林代玉二人听見這話越發不好過了宝釵再欲說

話見宝玉十分討愧形景改变也就不好再說了只得一咲収住別人總未解得他四人言語因此付之流水一時宝釵鳳姐兒去了林代玉咲向宝玉道他也試着比我利害的人了誰都像我心拙口夯的由着人說呢宝玉正因宝釵多了心自己沒趣又見林代玉来問着他越發沒好氣起来待要說兩句又恐林代玉多心說不得

忍着氣無精打彩一直出来了誰知目令盛暑之際又當早飯已過各處主僕人寺多半都因日長神倦宝玉背着手一處一處鴉雀無聞從賈母這里出来往西去過了穿堂便是鳳姐兒的院落到他院門前只見院門掩着知道鳳姐兒素日規矩每到天熱午間要歇一個時辰的進去不便遂進角門来到王夫人上房内只見幾個

了頭子手裡拿着針線都打肫兒王夫人在裡間凉榻上睡着金釧兒坐在傍邊搥腿也乜斜着眼亂愰宝玉輕輕的走到跟前把他耳上帶的墜子一摘金釧兒睁開眼見是宝玉宝玉悄悄的咲道就困的這么着金釧兒抿嘴一咲擺手令他出去仍合上眼宝玉見了他就有些恋恋不捨的悄悄的探頭瞧瞧王夫人合着眼便自己

向身邊荷包裡帶的香雪潤津丹掏了一丸出来便向金釧兒口裡一送金釧並不睁眼只管噙着宝玉上来便拉着手悄悄的咲道我明兒和太太説討你偺們在一処罷金釧兒不荅宝玉又道等太太醒了我就討金釧兒睁開眼将宝玉一推咲道你忙什庅金簪子吊在井裡有你的只是有你的連這句俗語難道也不明白我到告

訴你個巧宗兒你往東小院里去拿環哥兒同彩雲去宝玉唉道凴他怎庅去罷我只守着你只見王夫人翻身起來照金釧兒臉上就打了一個嘴巴子指着罵道下作小娼婦好好的爺們都叫你們敎壞了宝玉見王夫人起来早一溜烟去了這里金釧兒半邉臉火熱一聲不敢言語登時衆了頭听見王夫人醒來都忙進來王夫

人便叫玉釧兒把你媽叫上來帶出你姐
姐去金釧兒听說忙跪下哭道我再不敢
了太太要打要罵只管罰發落別叫我出去
就是天恩了太太十餘年這會子攆出去
我還見人不見人呢王夫人固然是個寬
仁慈厚的人從來不曾打過了頭們一下
今忽見金釧兒行此無恥之事此乃平生
最恨者故氣忿不過打了一下罵了幾句

雖金釧兒苦求亦不肯収留到底喚了金釧之母白老兒的媳婦来領了下去那金釧兒含羞忍恥的出去了不在話下且說宝玉見王夫人醒了自己没趣忙進大觀園来只見赤日當天樹陰合地滿耳蟬聲靜無人語剛到了薔薇花架只听有人哽噎之聲宝玉心中疑惑便站住細听果然架下那邊有人如今五月之際那薔薇正

是花葉茂盛之際宝玉便輕輕分開花葉
隔着籬笆洞兒一看只見一個女孩子蹲
在花下手里拿着根綰頭的簪子在地下
摳土一面悄悄的流泪宝玉心中想道難
道這也是個痴了頭又像顰兒来葬花不
成因又是咲蹟若真也是葬花可謂東施
効顰不但不為新特且更可厭了想畢便
要呌那女兒說你用跟着林姑娘學了話未

出口幸而再看時這女孩子面生不是個
侍兒到像是那十二個學戲的女孩子之
内那一個却辯不出他是生旦净丑那一個
角色来宝玉忙把舌頭一伸將口掩住自
已想幸而不曾造次上兩會皆因造次了
顰兒也知宝玉也多心如今再得罪了他
們越發没意思了一面想一面恨認不得
這個是誰再留神細看只見這女子眉蹙

春山眼顰秋水面白腰纖嫋嫋婷婷大有林代玉之態宝玉早又不忍棄他相去只管痴看只見他雖然用金簪劃地並不是掘土埋花竟是向土上畫字宝玉用眼随着簪子的起落一直一畫一點一勾看了去數一數十八筆自已又在手心里用指頭按着他方纔下筆的規矩寫了猜是個什庅字寫成了一想原来就是個薔薇花

的薔字寶玉想道必定是他要作詩填詞

這會子見了這花因有所感或者偶成了兩句一時興致恐忘了在地下劃着推敲也未可知且看他底下再寫什麽一面想又面又看只見那女孩子還在那里劃呢畫來劃去還是個薔字又畫一個薔已經畫了有幾千個外面的不覺也看痴了兩個眼睛珠兒只管隨着簪子動心里却想

女孩子一定有什麼說不出的大心事纔這們個形景外面既是這個形景心里不知怎麼熬煎呢看他模樣兒這般单薄心裡那裡還擱的熬煎可恨我不能替你分些過来伏中陰晴不定扇雲可雨忽一陣凉風過了刷刷一陣落下雨来宝玉看着那女孩子頭上滴下水来紗衣裳登時濕了宝玉想道這是下雨他這個身子如何

禁得驟雨一激因此禁不住便説道不用寫了你看下大雨身上都濕了那女孩子听説到唬了一跳抬頭一看只見花外一個人叫他不要寫了下大雨了一則宝玉臉面俊秀二則花葉繁茂上下俱被枝葉隱住剛露着半邊臉那女孩子只當是個了頭再不想是宝玉因咲道多謝姐姐提醒了我難道姐姐在外頭有什庅避雨的

一句話提醒了宝玉噯喲了一聲纔覺的渾身凉低頭一看自己身上也都濕了說聲不好只得一氣跑回怡紅院去了心里却還記掛着那女孩子沒處避雨原来明日是端陽節那文官等十二個女孩子都放了學了進園来各處頑耍可巧小生宝官正旦玉官兩個女孩子正在怡紅院和襲人頑咲被雨阻住大家把溝堵了水積

在院内把些緑頭鴨丹頂鶴花鸂鶒彩鴛
鴦捉的捉赶的赶縫了翅膀在院内頑耍
将院門関了襲人等都在遊廊上嬉咲宝
玉見関着門便以手扣門裡面諸人只顧
咲那裡聽的見叫了半日拍的門山响裡
面方听見了估量着宝玉這會子再不回
来的襲人咲道誰這會子叫門没人開去
宝玉道是我麝月道是宝姑娘的聲音晴

耍道胡説宝姑娘這會子作什庅来襲人
人道讓我隔着門縫兒瞄瞄可開就開要
不可開叫他淋着去説着順着遊廊到門
前往外一瞄只見宝玉淋的雨打雞一般
襲人見了又是着忙又是可咲忙開了門
咲的灣腰拍手道你這庅大雨跑什庅那
里知道是爺回来了宝玉一肚子沒好氣
滿心裡要把開門的踢幾脚及開了門並

不看真是誰還只當是那些小丫頭子們
便抬腿踢在脇上襲人噯喲了一聲宝玉
還罵下流東西們我素日躭待你們得了
意已一點兒也不怕索性拿着我取咲兒了
口裡說着一抬頭見是襲人哭了方知踢
錯了忙咲道噯喲是你来了踢在那里了
襲人從来不曾受過一句大話的今忽見
宝玉生氣踢他一下又當着許多人又是

羞又是氣又是疼真一時置身無地待要怎庅樣料着宝玉未必是安心踢的少不得忍着疼說道沒有踢着你還不換衣服去呢宝玉一面進房来解衣一面咲道我長了這們大今日是頭一遭兒生氣打人不想就遇見了你襲人一面忍痛換衣一面咲道我是個起頭兒的人不論事大事小是好是歹自然該從我起但只是別說

打了我明兒順了手也打起别人来宝玉道綫也不是安心襲人道誰説是安心呢素日開門閂門都是那起小了頭子們的事他們是憨皮慣了的早已恨的人牙癢他們也没個怕懼兒你原當是他們踢一下子唬唬他們也好綫剛却是我淘氣不吽開門的説着那雨已住了宝官玉官也早去了襲人只覺脇上疼的心裡發鬧晚

飯也不曾好生吃至晚間洗澡時脱了衣
服只見脇上青了碗大一塊自己倒唬了
一跳又不好聲張一時睡下夢中作痛由
不得噯喲之聲從夢中哼出寶玉雖説不
是安心因見襲人懶懶的也不安穩忽夜
間聞得噯喲之聲便知踢重了自己下床
來悄悄的秉燭來照剛到床只見襲人嗽
了兩聲可口吐出一口痰來噯喲一聲睜

開眼見宝玉倒唬了一跳道作什亾宝玉道你夢裡嗳喲必定踼重了我睄睄襲人道頭上發暈嗓子又腥又甜你到照一照地下罷宝玉听說果然持燈向地下一照只見一口鮮血在地下宝玉慌了只說了不得了襲人見了也就冷了半截要知端的下回分解

石頭記第三十一回

撕扇子作千金一咲
因麒麟伏白首雙星

話説襲人見自巳吐了鮮血在地心裡也就冷了半截想着往日長聽人説少年吐血年月不保縱然命長終是廢人了想起此言不覺滴下泪來寶玉見他哭了也不覺心酸起來因問道你心里覺的怎庅樣

襲人免強咲道好好的覺怎樣呢寶玉的意思即刻便叫人盪黃酒要山羊血牛黃九等藥去襲人拉了他的手説道你這一鬧不打緊鬧起多少人來到報怨我輕狂分明人不知道到鬧的人知道了你也不好我也不好正經你明兒打發小子問問〻問王太醫去弄點子藥吃吃就好了人不知鬼不覺的可不好寶玉聽了有理也

只得罷了向案上斟了茶來給襲人漱了
口襲人知寶玉心内是不安穩的待要不
叫他伏侍他他也必不依二則定要驚動
人知道不如由他去罷因此只在榻上由寶
玉去伏侍一交五更寶玉也不迭梳洗穿
衣出來便往王濟仁家來親自確問王濟
仁問其原故不過是損傷便說了個丸藥
名子怎庅服怎庅敷寶玉記名囬來依方

調治不在話下這日正是端陽佳節艾葉簪門虎符繫背午間王夫人治了酒席請薛家母子等賞午寶玉見寶釵淡淡的也不和他說話便知是昨日的原故王夫人見寶玉無精打彩也只當是昨日金釧兒之事他不好意思索性不理他林黛玉見寶玉懶懶的只當是他因為得罪了寶釵的原故心中不自在形容也就懶懶的鳳姐

兒昨日晚間王夫人就告訴了他寶玉金釧兒的知道王夫人不自在連見了寶玉尚未挽回自己如何敢説咲呢也就隨着王夫人的氣色行事更覺淡淡的賈迎春姊妹見衆人無意思也都無興致了因此大家坐了一坐就散了林黛玉天性喜散不喜聚他想的也有個道理他説人有聚就有散聚時歡喜則散時豈不清冷則生

傷感所以不如到是不聚的好比如那花開時令人愛慕卸時則增惆悵所以到是不開的好故此人以為喜之時他反以為悲那寶玉的性情只願常聚生怕一時散了添悲那花只願常常開生怕一時卸了沒趣及到筵散花卸雖有萬種悲傷也就無可如何了因此今日之會大家無興散了林黛玉到不覺得怎庅到是寶玉心中

悶悶不樂回至自己房中長吁短嘆偏生晴雯上來換衣服不妨又把扇子失了手跌在地下將股子跌折寶玉因歎道蠢才蠢才將來怎庅樣明兒你自己當家立業難道也是這庅顧前不顧後的晴雯冷咲道二爺近來氣大的狠行動就給人臉子瞧前兒連襲人都打了今兒又尋我的不是要踢要打凴爺處治就是了跌了扇子

也是平常的事先時連那樣的好玻璃缸
琥珀碗不知弄壞了多少也沒見個大氣
兒這會子一把扇子就這麼樣了何苦來
要嫌我們就打發了我們再挑好的使好
離好散的到不好寶玉聽了這些話氣的
渾身亂戰因說道你不用忙將來有散的
日子襲人在那邊早已聽見忙赶過來向
寶玉道好好的又怎麼了可是我說的一

時我不到就有事故了晴雯聽了冷咲道姐姐既知道就該早來也省了爺生氣自古一來就是你一個人伏侍爺的我們原未伏侍過因為你伏侍的好昨兒纔挨窩心脚我們原未伏侍的好昨兒纔挨窩心脚我們不會伏侍的明兒還不知是個什庅罪呢襲人聽了這話又是惱又是愧待要說幾句話又見寶玉已經氣的黃了臉少

不的自已忍了性子推晴雯道好妹〻你
出去曠〻原是我們的不是晴雯聽他説
我們兩個字自然是他和寶玉好了不覺
又添了醋意冷咲幾聲道我到不知道你
們是誰别叫我替你們害燥了便是你們
鬼〻祟〻幹的那事兒也瞞不過我去那
里就稱起我們來了明公正道連個姑娘
還没挣上去呢也不過和我是的那里就

稱起我們來了襲人羞的臉紫漲起來想
一想原是自己把話說錯了寶玉一面說
道你們氣不忿我明兒擡舉他襲人忙拉
了寶玉的手道他一個糊塗了頭你和他
分爭什庅況且你素日又是有担待的比
這個大的過去了多少今兒是怎庅了晴
雯又冷咲道我原是糊塗了頭那里配合
我說話呢襲人聽了道姑娘到底是和我

說話呢襲人聽了道姑娘到底是和我們
辯嘴呢是合二爺辯嘴呢要是心里惱我
你只和我說不犯當着二爺吵要是惱二
爺也不該這庅吵的萬人知道我總也不
過為了事進來勸開了大家保重姑娘到
尋上我的晦氣又不像是惱我又不像是
惱二爺夾鎗帶棒到底是個什庅主意我
就不多說了讓你說去說着便往外走寶

玉向晴雯道你也不用生氣我也猜着你的心事了我回太太去你也大了打發你出去可好不好晴雯聽見這話不覺又傷起心來含泪說道我為什庅出去要嫌我變着法児打發我去也不能彀寶玉道我何曾經過這庅個吵鬧一定是你要出去了不如回了太〻打發你出去罷說着站起來就要走襲人忙回身攔住咲道往那

里去寶玉道回太〻去襲人咲道好沒意思認真的去回你也不怕燥便是他認真要出去也等把這氣下去了等無事中說話兒回了太〻也不遲這會子急〻的當一件正經事去回豈不叫太〻犯疑寶玉道太〻必不犯疑我只明說是他鬧着要出去的晴雯哭道我多僭晚鬧着要出去的饒生了氣還拿話壓派我只管去回我

一頭磞死了也不出這門兒寶玉道這又奇了你又不去你又緊着鬧我經不起這庅鬧不如出去了到干淨説着一定要去回襲人攔不住只得跪下了碧痕秋紋麝月等衆丫環見吵鬧都鴉雀無聲的在外頭聽消息這會子聽見襲人跪下央求便一齊進來都跪下了寶玉忙把襲人拉起來嘆了一聲在床上坐下叫衆人起來向

襲人道叫我怎庅樣總好這個心使碎了也没人知道說着不覺滴下泪來襲人見寶玉流泪也就哭了晴雯在傍邊哭着方要說話只見林黛玉進來便出去了林黛玉咲道大節下怎庅了好〻的哭起來難道是為爭粽子吃争惱了不成寶玉和襲人嗤的一聲林黛玉道二哥〻不告訴我我問你就知道了一面說一面靠着襲人

的肩膀道好嫂子你告訴我必定是你們兩個辯了嘴告訴妹〻替你們解勸襲人推他道林姑娘你鬧什広我們一個了頭家姑娘只是混說黛玉咲道你說你是了頭我只拿你當嫂子待寶玉〻道你何苦來替他招罵名兒饒這広着還有說閒話的呢擱不住你來說他襲人咲道林姑娘你不知道我的心事除非這一口氣不來死了

到也罷了林黛玉咲道你死了别人不知怎庅樣我先就哭死了寶玉咲道你死了我做和尚去襲人道你老實些罷了〻何苦來還説這些話林黛玉將兩個指頭一伸抿嘴咲道做了兩個和尚了我從此以後都記着你做和尚的遭數兒寶玉聽了知道是點他前日的話自已一咲也就罷了一時黛玉去後就有人來回薛大爺請寶

玉只得去了原來是吃酒不能推辭只得
盡席而散晚間回來已帶了幾分酒踉蹌
來至自已院內只見院中早把乘涼枕榻
設下榻上有個人睡熟了寶玉只當是襲
人一面在床沿上坐下一面推他問道疼
的好些了只見那人番身起來說道何苦
來又招我寶玉一看原來不是襲人却是
晴雯寶玉將他一拉拉在身傍坐下咲道

你的性子原是發憤了姣的早起就是跌了扇子也不過說了兩句你就說上那些話你說我也罷了襲人好意來勸你又括上他你自已想〻該不該晴雯道怪熱的拉〻扯〻作什庅叫人來看見作什庅呢我這身子也不配坐在這里寶玉咲道你既知道不配為什庅淌在這里晴雯没的說咽的也咲了說道你不來使得你來了

就不配了起來讓我洗澡去襲人麝月都洗了澡我叫了他們來寶玉咲道我終又吃了好些酒還得洗一洗你既沒有洗拿了水來偺們兩個洗洗晴雯搖手咲道罷々我不敢惹爺還記得舊年碧痕打發你洗澡足鬧了兩三個時辰也不知道作什庅呢我們也不好進去的後來洗完了進去瞧々呢地下的水汪着床腿兒連席子都

汪着水也不知是怎庅説的吽人咲了幾
天我也没那工夫收什水也不用同我洗
去今兒也凉快那會子洗了這會子可以
不用我到舀一盆水來你洗々頭臉通々
頭纔剛鴛鴦送了好些菓子來都湃在那
水晶缸里呢吽他們打發你吃寶玉咲道
既這庅着你也不許洗去只洗々手來拿
菓子來吃罷晴雯咲道我慌張的很連扇

子還跌折了那里還配打發吃菓子倘或再打了盤子更了不得了寶玉咲道你愛打這些東西原不過是供人所用你愛這樣各人性情不同比如那扇子原是搧的你要撕着頑也可以使得只是不可生氣時拿他出氣就如盃盤原是盛東西的你喜聽那一聲响就故意的摔碎了可可以使得只是別在生氣時拿他出氣這就是

愛物了晴雯聽了咲道既這様說你就拿
扇子來我撕我最喜歡撕的寶玉聽了便
咲着遞與他晴雯接過來嗤的一聲撕了
兩半接着又嗤嗤幾聲寶玉在傍咲着說
响的好再撕响些正説着只見麝月走過
來咲道少作些孽罷寶玉赶上來一把将
他手里的扇子也奪了來遞與晴雯晴雯
接了也撕作幾半二人都大咲麝月道這

這是怎庅說拿我的東西開心兒頑寶玉咲道打開扇子匣子你揀去什庅好東西麝月道既這庅說就把匣子搬了出來讓他儘力的撕去不好庅寶玉咲道你就搬去麝月道我可不作這個孽他也沒折了手叫他自己搬去晴雯咲着便倚在床上說道我也乏了明兒再撕罷寶玉咲道古人云千金難買一咲幾把扇子能值幾何

一面説着一面叫襲人襲人纔換了衣服出來小了頭佳蕙過來拾去破扇大家乘涼不消細説至次日午間王夫人寶釵黛玉衆姊妹正在賈母房内坐着就有人回史大姑娘來了一時果見史湘雲帶領衆多丫鬟媳婦走進院來寶釵寶玉等忙迎至堦下相見青年姊妹又間経月不見一旦相逢其親密自不消説得一時進入房

中請安問好都見過了賈母因説道天熱
把外頭的衣服脱了罷史湘雲忙起身寬
衣王夫人因咲道也没見你穿上這些作
什庅史湘雲咲道都是二嬸娘叫穿的誰
愿意穿這些寶釵一傍咲道姨娘不知道
他穿衣裳更愛穿别人的衣裳可記得舊
年三四月裡他在這里住着把寶兄弟的
袍子也穿上靴子額子也勒上猛一睄倒

像是寶兄弟來了就是多兩個墜子他跕
在椅子背後哄的老太〻只是叫寶玉你
過來仔細那上頭掛的燈穗子搖下灰來
迷了眼他可只是咲也不過去後來大家
掌不住咲了老太〻纔咲了說他到扮上
男人好看了林黛玉咲道這筭什庅惟有
前年正月里接了他來住了沒兩日下起
雪來老太〻和舅〻想是纔拜了影回來

老太〻一個新〻的大紅猩〻毡的斗篷放在那里誰知眼錯不見他就披上了又大又長他就拿了漢巾子攔腰繫上和丫頭們在後院子撲雪人兒去一跤栽倒溝跟前弄了一身泥水說着大家想着前情都咲了寶釵咲問那周奶娘道周媽你們姑娘還那們淘氣庅周奶娘咲道不了迎春咲道淘氣也罷了我就嫌他愛說話也没

見睡在被里還是咭〻呱〻咲一陣説一陣也不知那里來的那些謊話王夫人道只怕如今好了前兒有人家來相看眼前就有婆〻家了還是那庅着賈母因問今兒還是住着還是家去呢周奶娘咲道老太〻没有看見衣服都帶了來可不住兩天史湘雲因問道寶玉哥〻不在家庅寶釵咲道他再不想着別人只想寶兄弟兩

個人好頑去這可見還没改了淘氣呢賈母道如今你們大了别提小名兒了剛説改了淘氣呢賈母道如今你們大了别提小名兒了劉説着只見寶玉來了咲道雲妹〻來了怎庅前兒打發人接你去怎庅不來王夫人道這里老太〻總説這一個他又來提名道姓的了林黛玉道你哥〻得了好東西等着你呢史湘雲道什庅好

的寶玉咲道你信他呢幾日不見越發高了湘雲咲道襲人姐〻好寶玉道多謝你記掛史湘雲道我給他帶了好東西來了説着拿出手帕子來挽着一個疙瘩寶玉道什庅好的你倒不如把前日送來的那絳紋石戒指兒帶兩個給他湘雲咲道這是什庅説着便打開衆人看時果然就是上次送來的那絳紋戒指一包四個林黛

玉咲道你們瞧瞧他這主意前兒一般的打發人給我們送了來你就把他也帶了來我當又是什庅希奇東西原來還是他真〻你是個糊塗人史湘雲咲道你總糊塗呢我把這裡說出來大家評〻誰糊塗給你們送東西就是使來的人不用說話拿進來一看自然就知是送姑娘們的若帶他們的東西這須得我告訴來人這是

那一個丫頭的那使來的人明白還好再糊塗些丫頭的名字他也不記的混鬧混説的反連你們的東西都攪糊塗了若是打發個女人來素日知道的還罷了偏生前兒又打發小子來可怎麽説丫頭們的名字呢橫竪我來給他們帶來豈不明白説着把四個戒指放下説道襲人姐〻一個鴛鴦姐〻一個金釧兒姐〻一個平兒姐〻

一個這倒是四個人的難道小子們也記的這們明白衆人聽了都咲道果然明白寶玉咲道還是這庅會說話不讓人林黛玉聽了道他不會說話他的金麒麟也會說話一面說着便起身走了幸而諸人都不曾聽見只有薛寶釵抿嘴一咲寶玉聽見了到自已後悔又說錯了話忽見寶釵一咲由不的也咲了寶釵見寶玉咲了忙

起身走開找了林黛玉去説咲賈母因向湘雲道吃了茶歇一歇睄〻你的嫂子們去園子里也凉快同你姐〻們去曠〻湘雲荅應了将三箇戒指包上歇了一歇便起身要睄鳳姐等人去衆奶娘丫頭跟着到了鳳姐那里説咲了一回出來便往大觀園來見過了李宫裁少坐片時便往怡紅院來找襲人因回頭説道你們不必跟着

只管賄你們的朋友親戚去留下翠樓伏侍就是了衆人聽了自去尋姑不覓嫂单剩下湘雲翠楼兩個人翠楼道這荷花怎庅還不開史湘雲道時候没到翠樓道這也合偺們家池子里的一様也是樓子花湘雲道他們這個還不如偺們的呢翠楼道他們那邊有顆石榴接連四五枝真是樓子上的樓這也難為他長史湘雲道花

草也是同人一様氣脉充足長的就好翠
縷把臉一扭説道我不信這話若説同人
一様我怎庅不見頭上又長出一個頭來
的人湘雲聽了由不的一咲説道我説你
不用説話這教人怎庅荅言天地間都賦
陰陽二氣所生或正或邪或奇或怪千變
萬化都是陰陽順逆多少一生出來人罕
見的就奇究竟理是一様翠縷道這們説

起來從古至今開天闢地都是些陰陽了湘雲咲道糊塗東西越說越放屁什么都是些陰陽難道還有兩個陰陽不成陰陽兩個字還只是一個字陰盡了就成陽陽盡了就成陰翠楼道這就糊塗死了我什么是個陰陽沒影沒形的我只問姑娘這陰陽是怎么個樣兒湘雲道陰陽可有什么樣兒不過是氣罷物賦了成形比如天

是陽地就是陰水是陰火就是陽日是陽
月就是陰翠縷咲道是了是了我今兒可
明白了怪道人都管着日頭叫太陽呢筭
命的管着月亮叫什麽太陰星就是這個
禮理了湘雲咲道阿彌陀佛剛〻的明白了
翠縷道這些大東西有陰陽也罷了難道
那些蚊子虼蚤蠓虫兒花兒草兒瓦片兒
磚頭兒也有個陰陽不成湘雲道怎麽沒

有呢比如那樹葉兒還分陰陽呢那邊向上朝陽的就是陽這邊背陰的覆下就是陰翠縷聽了點頭道原來這樣我可明白了只是偺們這手里的扇子怎麼是陰怎麼是陽呢湘雲道這邊正面就為陽那邊反面就為陰翠縷又點頭咲了還要拿幾件東西問因想不起個什麼來猛抬頭看見史湘雲宮縧上繫的金麒麟便提起來

咲道姑娘這個難道也有陰陽庅湘雲道
走獸飛禽雄為陽雌為陰牝為陽牡為陰
怎庅没有呢翠縷道姑娘這個是公的是
母的湘雲道這連我也不知了翠縷道這
也罷了怎庅東西都有陰陽偺們人到没
有陰陽呢湘雲照臉啐了一口道下流東
西好生走罷越問問不出好話來了翠縷
咲道這有什庅不告訴我的呢我也知道

了不用難我湘雲道你知道什庅翠摟道姑娘是陽我就是陰説的湘雲拿手帕子握着嘴呵〻大咲起來翠摟道説是了就笑是的這樣湘雲道狠是狠是翠摟道人規矩主子為陽奴才為陰我連這個大道理也不懂得湘雲咲道你狠懂的一面説一面走剛到薔薇架下湘雲道你瞧那是誰吊的首餙金愰愰的在那里翠楼聽了忙

赶上來拾起來手里攥着咲道可〻分出陰陽來了説着便拿着湘雲的麒麟瞧湘雲要他揀的看翠楼只管不放手咲説道是寶貝姑娘瞧不得這是從那里來的好奇怪我從來在這里没見有人有這個湘雲道拿來我瞧〻翠楼將手一撒咲道請看湘雲舉目一驗却是一個文彩煇煌的金麒麟比自己帶的又大又文彩湘雲伸

手擎在掌上只是默〻無言正自出神忽
見寶玉從那邊來了咲說道好〻的在這
里作什庅呢怎庅不找襲人去史湘雲連
忙将那麒麟藏了說道正要去呢偺們一
同走說着大家進入怡紅院來襲人正在
堦下倚檻追風忽見湘雲來了連忙下來
迎接携手咲道許久不來想念的人了不
得一時進房歸坐寶玉因咲道你該早來

我得了一件好東西㟁等你呢說着便向懷内摸掏了半天噯喲一聲便向襲人說道那個東西你収起來了庅襲人道什庅東西寶玉道前児得的麒麟襲人道你天天帶在身邊的怎庅問我呢寶玉聽了將手一拍說道這可丢了往那里去找呢登時黄了臉就要起身去找史湘雲方知是他的失落了便咲問道你多偺又有個金

麒麟了寶玉道前兒好容易得的呢不知是多偺晚丢了我也糊塗了史湘雲咲道幸而是個頑意兒如今還是這樣慌張說着將手一撒咲道可是這個不是寶玉一見由不得歡喜非常因說道可不是他是誰且聽下回分解

石頭記第三十二回

訴肺腑心迷活寶玉
含恥辱情烈死金釧

話說那寶玉見了那麒麟心中甚實歡喜便伸手來拿咲說道虧你揀着了你是那里揀的史湘雲咲道幸而是這個明兒倘或把印也丢了難到也罷了不成寶玉咲道到是丢了印平常事若丢了這個我就

該死了襲人斟了茶來與史湘雲吃一面咲道大姑娘我聽見前日你大喜了史湘雲聽了紅了臉吃茶不荅襲人道這會子又害臊了你還記的十年前偺們在西邊煖閣住着晚上你同我說的話了那會子不害臊這會子怎庅又臊了史湘雲咲道你還說呢那會子偺們那庅好後來我們太〻沒了我家去住了一程子怎庅就派

了你跟二哥〻我來了你就不像先待我
了襲人道你還説呢先姐〻長姐〻短哄
着你替你梳頭洗臉做這個做那個如今
大了就拿出小姐的款來你既拿小姐的
款我怎庅敢親近呢史湘雲道阿彌陀佛
寃枉寃哉我要這樣就立刻死了你瞧瞧
這庅熱天我來了必定赶來先瞧你不信
你問翠樓我在家時〻刻〻那一會不念

你幾聲話未説了慌的襲人和寶玉咲道説頑話你又認真了還是這広性急史湘雲咲道你不説你的話咽人倒説人性急一面説一面将手帕打開将戒指遞與襲人襲人感謝不盡因又咲道你前兒給你姐〻們送來的我已得了今兒你親自又送來可見是没忘了我只這個就試出你來了戒指兒能值多少可見你的心真史

湘雲咲道我只當林姐〻給了你原來是寶姐〻給你的我天天在家里想着這些姐〻們再沒一個比寶姐〻好的可惜我們不是一個娘養的我但凡有這個親姐姐就是沒了父母也是無妨碍的説着眼睛圈兒就紅了寶玉道罷〻不用提這些話史湘雲道提了便怎庅我知道你的心病恐怕你林妹〻聽見又惱我讚了寶姐

姐可是為這個不是襲人在傍唤的一咲說道雲姑娘你如今大了越發心直口快了寶玉咲道我說你們這幾個人難說話果然不錯史湘雲道好哥〻你不必說話叫我悪心只會在我們跟前說話見了你林妹〻又不知怎庅襲人道且別說頑話我正有一件事還要求你呢史湘雲便問什庅事襲人道有一雙鞋摳了墊心子我

這兩日身上不大好不能做你可有工夫
替我做做史湘雲咲道這又奇了你們家
放着這些巧人不筭還有什庅針線上的
裁剪上的怎庅叫我做起來你的活計叫
誰做誰不好意思不做呢襲人咲道你又
糊塗了你難道不知道我們這屋裡的針
線是要那些針線上的人做的史湘雲聽
了便知是寶玉的鞋了因咲道既這庅說

我就替你做做罷只是一件你的我總做別人的我可不做襲人咲道又來了我是個什庅人就敢煩你做鞋了寔告訴你可不是我的你別管是誰的橫竪我領情就是了史湘雲道論理你的東西也不知煩我做過多少今兒我倒不做的緣故你必定也知道襲人道我倒不知道史湘雲冷咲道前兒我聽見把我做的扇套子拿着

和人家比賭氣又鉸了我早就聽見了你還瞞我這會子又叫我做我成了你們的奴才了寶玉忙咲道前兒的那事本不知是你做的襲人也咲道他真不知是你做的我說是外頭有個會做活的女孩兒說扎的出奇的花我叫他們拿了一個扇套子試〻看好不好他就信了拿了出去給這個看給那個看的不知怎庅又惹惱了

林姑娘鉸了兩段回來他還叫赶着做去
我纔說是你做的他後悔的什庅是的史
湘雲道這越發奇了林姑娘犯不上生氣
他既會剪就叫他做襲人道他可不做呢
饒這庅着老太太還怕他勞碌着了大夫
又說好生静養纔好呢誰還敢煩他做舊
年筭好一年的工夫做了個香袋今年半
年還没見拿針呢正說着有人來回話興

隆街的大爺來了老爺叫二爺出去會寶玉聽了便知是賈雨村來了心中好不自在襲人忙去拿衣服寶玉一面登着靴子一面抱怨道有老爺和他坐就罷了回〻定要見我史湘雲一邊搖着扇子笑道自然你能會迎賓送客老爺總叫你出去呢寶玉道那里是老爺都是他自己要請我去見的湘雲笑道主雅客來勤自然你有

些〻警他的好處他總只要會你寶玉道罷
罷我也不敢稱雅俗中又俗的一個俗人
並不願同這些〻人來往湘雲咲道還是這
個情性不改如今大了你就不願讀書去
考舉人進士的也該讀會〻這些為官做
宰的人們談〻講〻學些仕途經濟的學
問也好將來應妇將來應酬世務日後也
有個朋友没見你成年家只在我們隊里

攪些什庅寶玉聽了道姑娘請別的姐妹
屋里坐坐去我這里仔細贜了你知經濟
學問的襲人道雲姑娘快別說這話上回
也是寶姑娘也說過一囬他也不管臉上
過的去過不去他就咳了一聲拿起脚來
走了這里寶姑娘的話也沒說完見他去
了登時羞的臉通紅說又不是不說又不
是幸而是寶姑娘那要是林姑娘不知又

鬧的怎庅樣哭的怎庅樣呢提起這些話來真〻寶姑娘教人敬重自已赸了一會子去了我到過不去只當他惱了誰知過後兒還是照舊一樣真〻有涵養心地寬大誰知這一個反到同他生分了那林姑娘見你賭氣不理他你得賠多少不是呢寶玉道林姑娘從來說過這些混賬話不曾若他也說這些混賬話我早和他生分

了襲人和湘雲都點頭咲道這原是混賬話原來林黛玉知道史湘雲在這里寶玉一定又赶來說麒麟的原故因心下忖奪着近日寶玉弄來的外傳野史多半才子佳人都因小巧玩物上撮合或有鴛鴦或有鳳凰或玉環金珮或鮫帕鸞縧皆由小物而遂終身今忽見寶玉亦有麒麟便恐借此生隙同史湘雲也做出那些風流佳

事來因而悄悄走來見機行事以察二人之意不想剛走來正聽見史湘雲說經濟一事寶玉又說林妹〻不說這樣混賬話我也和他生分了林黛玉聽了這話又喜又驚又悲又嘆所喜者果然自己眼力不錯素日認他是個知己果然是個知己所驚者他在人前一片私心稱揚於我其親熱厚密竟不避嫌疑所嘆者你既為我之

下文錯訛在四

此篇在上回篇前

知已自然我亦可為你之知已矣既你為我知已則又何必有金玉之論哉既有金玉之論亦該你我有之則又何必來一寶釵哉所悲者父母早逝雖有銘心刻骨之言無人為我主張況近日每覺神思恍惚病已漸成醫者更云氣弱血虧恐致勞怯之症你我雖為我知已但恐不能久待你縱為我知已奈我薄命何想到此處不禁

滚下泪来待要進去相見自覺無味便一面拭泪一面抽身回去了這里寶玉忙〻的穿了衣裳出來忽抬頭見林黛玉在前面慢〻的走着似拭泪之狀便忙赶上來笑道妹〻往那里去怎庅又哭了又是誰得罪了你林黛玉回頭見是寶玉便勉強笑道好〻的我何曾哭了寶玉笑道你瞧瞧眼睛上的泪珠兒未乾還撒謊呢一面

說一面禁不住抬起手來替他拭泪林黛玉忙向後退了幾步說道你又要死了作什庅這庅動手動脚的寶玉咲道說話忘了情不覺動了手也就顧不的死活林黛玉道你死了到不值什庅只是丢下了金麒麟可怎庅樣呢一句話未說完又把寶玉說急了赶上來問道你還說這話到底是咒我還是氣我呢林黛玉見問想起前

日的事來遂自已後悔起來又說造次了忙咲道你別着急我原說錯了這有什庅呢筋都暴起來急了一臉汗一面說一面禁不住近前伸手替他拭臉上的汗寶玉聽了他半天方說了你放心三個字林黛玉聽了怔了半天方說道我有什庅不放心我不明白這話你到說〻怎庅是放心不放心寶玉嘆一口氣問道你果然不明

白這話難道我素日在你身上用的心都用錯了連你的意思若體貼不着就難怪你天天為我生氣了林黛玉道真不明白這放心不放心的話寶玉點頭嘆道好妹妹你别哄我不但我素日之心白用了且連你素日待我之意也都辜負了你皆因總是不放心的原故纔弄了一身病但凡寬慰些這病也不得一日重似一日林黛

玉〻聽了這話如轟雷掣電細〻思之竟比自己肺腑中掏出來的還覺懇切竟有萬句言語滿心要說只是半個字也不能吐怯怔〻的望着他此時寶玉心中也有萬句言語一時不知從那一句上說起却也怔〻的望着黛玉兩個人怔了半天林黛玉只咳了一聲兩眼不覺滾下淚來回身便要走寶玉忙上前拉住說道好妹〻且

畧跕〻我說一句話再走林黛玉一面拭
泪一面将手推開說道有什庅可說的你
的說話我早知道了口里說着却頭也不回
竟去了寶玉跕着只管發起獃來原來方
纔出來的慌忙不曾帶得扇子襲人怕他
熱忙拿了扇子赶來送與他忽抬頭見林
黛玉和他跕着一時黛玉去了他還跕着
不動因而赶上來說道你也不帶了扇子

去虧我看見赶了送來寶玉出了神見襲
人和他說話並無看出是何人來便一把
拉住說道好妹〻我這心事從來也不敢
說今兒我大胆說出來死也甘心我為你
也弄了一身病在這里又不敢告訴人只
好捱着只等你病好了只怕你的病难纔好呢
睡里夢里也忘不了你襲人聽了這話唬
的魂消魄散只叫神天菩薩坑死人了便

此文在前八篇

下文生前八篇
八篇文八篇

推他道這是那里話敢是中了邪還不快
去寶玉一時醒過來方知是襲人送扇子
來羞的滿面紫脹奪了扇子便抽身忙〻
的跑了這里襲人見他去了自思方纔之
言一定是因林黛玉而起此時看來將來
難免不才之事令人可驚可畏想到此間
也不覺怔〻的滚下泪來心下暗忖如何
處治方免此醜禍正裁疑間忽見寶釵從

那邊走來咲道大毒日頭地下出什庅神
呢襲人見問忙咲道那邊兩個雀兒打架
到也好頑我就看住了寶釵道寶兄弟這
會子穿了衣服忙〻的那去了我纔看見
走過去到要吽住他呢他如今說話越發
沒了經緯我就不吽他了由他過去罷襲
人道老爺吽他出去寶釵聽了忙道嗳喲
這們暑熱天吽他作什庅別是想起什庅

來生氣叫出去教訓一場襲人咲道不是這個是有客要會寶釵咲道這個客也没意思這広熱天不在家里凉快還跑些什広襲人咲道可是呢你説〻広寶釵因又問道雲丫頭在你們家做什広呢襲人咲道總説了一會子閒話你睄我前兒粘的那一雙鞋明兒叫他做去寶釵聽見這話便向兩邊回頭看無人來往便咲道你這

們個明白人怎庅一時半刻就不會體諒
人我近來看着雲妹妹的神情再風里言
風里語的聽起來那雲了頭在家里竟一
點做不的主意他們家嫌費用大竟不用
那些針線上的差不多的東西都是他們娘兒們
動手為什庅這次來了他合我說話兒見沒
人在跟前他就說家里累的很我再問他兩
句家常過日子的話他就連眼睛圈兒都

紅了口里含〻糊〻待說不說的想其形
景來自然的苦我看着他也不覺的傷起
心來襲人見說這話將手一拍道是了是
了怪道上月我煩他打十根蝴蝶兒結子
過了那些日子纔打發人送來還說這是
粗打的且在別處能着使罷要勻净的等
明兒來住着再好生打罷如今聽寳姑娘
這話想來我們煩他他又不好推辭不知

他怎庅在家里三更半夜的做呢可是我
也糊塗早知是這樣也不該煩他了寶釵
道上次他就告訴我在家里做到三更天
若是替别人做一點半點他家的那些奶
奶太〻們還不受用呢襲人道偏生我們
那個牛心左性的小爺憑着小的大的活
計一槩不要家里這些活計上的人作我
又弄不開這些寶釵咲道你里他呢只管

叫人作去只說你做的就是了襲人道那里哄的過他他總是認的出來呢說不得我只好慢〻的累去罷了寶釵咲道你不必着急我替你做些如何襲人咲道當真的這樣就是我的福了晚上我親自送過去一句話未了忽見一個老婆子忙〻走來說道這是那里說起金釧兒姑娘好〻的投井死了襲人唬了一跳忙問那個金

釧兒呢就是太〻房里的前兒不知為什庅攆了下來在家里哭哭天地的也都不理他誰知今兒找他不見了纔剛打水的在那東南角上打水只見一個尸首赶着叫人打撈起來誰知是他他們家只管亂救那里中用了寶釵道這也奇了襲人聽說點頭讚嘆想素日同氣之情不覺落下泪來寶釵聽見這話忙向王夫人處來道

安慰這里襲人回去不提却説寶釵來至王夫人房内只見鴉雀無聲獨有王夫人在裡間房内坐着垂泪寶釵便不提這事只得一傍坐了王夫人便問你從那里來寶釵道從園子里來王夫人道你從園子里來可看見你寶兄弟庅寶釵道纔到看見他穿了衣服出去不知那去了王夫人點頭半晌哭道你可知道庅這椿奇事金

釧兒忽然投井死了寶釵見說故作驚疑
道怎麽好〻的投井這也奇了王夫人道
原是前兒他把我一件東西弄壞了我一
時生氣打了他一下攆了他下去我只說
氣他兩天還叫他上來誰知他這麽氣性
大就投井死了豈不是我的罪過寶釵咲
道姨娘是慈善人固然是這麽想據我看
來他並不是賭氣投井多半是他下去住

着或是在井跟前貪頑失了脚吊下去的他在上頭拘束慣了這一出去自然要到各處去頑頑曠曠豈有這樣大氣性的理總然有這樣大氣也不過是個糊塗人也不為可惜王夫人點頭嘆道這話雖然如此說到底我于心不安寶釵咲道姨娘不不勞念〻于茲十分過不去不過多賞他幾兩銀子發送他也就了了主僕之情了

王夫人道纔剛我賞了他娘五十兩銀子原要還把你姐妹們的新衣服拿兩套給他粧裹誰知鳳丫頭說可巧都沒有什庅新做的衣服只有你林妹〻作生日的兩套我想你林妹〻那孩子素日是個有是個有心的況且他也是三災八難的既說了給他過生日這會子又給人去粧裹他豈不多心忌諱呢因為這庅着我現叫裁

縫趕兩套給他要是別的了頭賞他幾兩銀子也就完了只是金釧兒雖然是個丫頭素日在我跟前比我的女兒也差不多口里說不覺流下泪來寶釵忙道姨娘這會子又何用叫裁縫趕去我前兒到做了兩套拿來給他豈不省事況且他活着的時候也穿過我的舊衣服身量又相對我從來不計較這些一面說一面起身就走

王夫人忙呌了兩個人跟寶姑娘去一時寶釵取了衣服回來只見寶玉在王夫人傍邊坐垂淚王夫人正數說他因見寶釵來了娘兒兩個都掩住口不說了寶釵見此光景况察言觀色早知覺了八分于是将衣服交割明白王夫人喚上他母親來拿幾件簪環當面賞與又吩咐請幾衆僧人念經超度伊母親磕頭謝了出來且聽

下回冊分解

石頭記第三十三回

手足眈眈小動唇舌
不肖種種大承笞撻

話說宝玉會過雨村回來就聽見金釧兒含羞賭氣自盡心中五内俱傷進来被王夫人数落教訓他也無可回說見宝釵進來方得便出來茫然不知何往低着頭一面感嘆一面慢慢的走着信步至廳上剛

過屏後不想對面来了一人正往裡走可
巧撞了個滿懷只聽那人喝了一聲站住
宝玉唬了一跳抬頭一看不是别人却是
他父親早不覺倒抽了一口氣只得垂手
一傍站了賈政道好端端的垂頭喪氣嗐些
什庅方纔雨村來了要見你叫你那半天
纔出來既出來了全無一点慷慨揮洒談
吐仍是葳葳蕤蕤我看你臉上一團思欲

愁悶氣色這會子又咳聲嘆氣你那些還不自在無故這樣却是為何宝玉素日雖然口角伶俐只是此時一心総為金釧兒感傷恨不得此時也身亡命殞跟了金釧兒去如今見了他父親說這些話究竟不曾聽見只是怔怔的站着賈政見他不似往日惶悚應對原本無氣的這一來到生了三分氣方欲說話只見傳事人来回忠

順親王府里有人要求見老爺賈政聽了心下疑感暗暗思忖道素日並不與忠順王來往為什広今日打發人來一面想一面令人快請竟走出來看時却是忠順王的長使官忙接進廳上坐了献茶未及叙談那長府官先就説道下官此來並非擅造潭府皆因奉王命而來有一件事相求老大人若看王爺面上敢煩老大人作主

不但王爺知情且連下官輩亦感恩不盡賈政聽了這話抵不住頭腦忙陪咲道起身問道大人既奉王命而來不知有何見諭望大人宣明學生好遵諭承辦那長府官冷咲道也不必承辦只用大人一句話就完了我們府里有一個作小旦的琪官那原是奉旨由內園賜出只從出來好好在府里住了不上半年如今三日五日不

見了各處去找又摸不着他的道路因此各處察訪這一城内十停人到有八停人都説他竟日和啣玉的那位令郎相與甚厚下官輩聽了尊府不比别家可以擅來索取因此啟明王爺王爺亦云若是别的戲子一百個也罷了只是這琪官乃奉旨所賜不便轉贈令郎若令郎十分愛慕老大人竟密題一本請旨豈不兩便若大人不

題奏時還得轉達令郎請將琪官放出一則可免王爺負恩之罪二則下官輩也可免操勞求覓之苦說畢忙打一恭賈政聽了這話又驚又氣即命喚寶玉來寶玉也不知是何原故忙赶來時賈政便問該死的奴才你在家不讀書也罷了怎麼又作出這些無法無天的事來那琪官現是忠順王駕下承奉之人你是何等草芥無故

引逗出来如今禍及於我宝玉聽了唬了一
跳忙回道寔在不知此事究竟連琪官兩
個字不知為何官（長官）更加以引逗二字寔寔
不懂説着便哭了賈政未及開言只見那
長府官吟咲道公子也不必掩飾或隱藏
在家或知其下落早説了出來我們也少
受些辛苦豈不念公子之德宝玉連説不
知恐是訛傳也未見得那長府官冷咲兩

聲道現有據有証何必還賴必定當着老大人說了出來公子豈不吃虧既說此人不知為何如今那紅漢巾子怎庅到了公子腰里宝玉聽了這話不覺轟去魂魄目瞪口呆心下自思這話他如何得知他既連這机密事都知道了大約別的瞞他不過不如打發他去了免的再說出別的話來因說道大人既知他的底細如何連他

置買房舍這樣大事到不曉得了聽得説他如今在京東郊外離城二十里有個什庅紫檀堡地方他在那里置了几畝田地几間房舍想是在那里也未可知那長府官聽了笑道這樣説一定是在那里我且去找一回若有了便罷若沒有還要來請教説着便忙忙的走了賈政此時氣的目瞪口歪一面送那長府官一面回頭命宝

玉命寳玉不許動回來有話問你一直送那長府官去了纔回身忽見賈環帶着几個小子一陣乱跑賈政喝命小子快打快打賈環見了他父親唬的骨軟筋酥連忙低頭站住賈政便問道你跑什庅帶着你們那些人都不管你們不知往那里曠去了由你們野馬一般跑喝命叫跟上學的人來賈環見他父親盛怒便乘机説道方

總原不曾跑只曰從那邊一過誰知忽然看見一個投井死的人頭這樣大身子泡的這樣粗寔在可怕所以唬了一跳纔赶着跑了過來賈政聽了驚疑問道好端端的誰去跳井我家從無這樣事情自祖宗以來皆是寬柔以待下人大約我近年于家務踈懶自然執事人操尅奪之權致使生出這暴殄輕生的禍患來若外人知道

祖宗顏面何在喝命快叫賈璉賴大來興兒來小子們答應了一聲方欲去叫賈環忙上前拉住賈政的袍襟道父親不用生氣此事除在太太房里的人別人一点也不知道我聽見我母親說說到這里便回頭四顧一看賈政知其意將眼一看衆小廝們明白都往兩邊後面退去賈環便悄悄說道我母親告訴我說宝玉哥哥前兒

在太太屋里拉着太太的了頭金釧兒強奸不遂打了一頓誰知金釧兒便賭氣投井死了話未說完把個賈政氣的面如金紙大喝快拿寶玉來一面說一面便往書房里走喝命今日再有人勸我我把這幾根煩惱鬢毛剃了尋個乾淨去處自了此一生罷也免得上辱先人下世造逆生之罪衆門客僕從見賈政這個形景便知又是為

寶玉了一個個都挨指咬腮連忙退出那賈政喘吁吁直挺挺坐在椅上滿面淚痕一疊連聲拿寶玉拿大棍拿繩綑上把各門都關了有人傳信到裡頭立刻打死衆小厮只得齊聲答應有幾個來找寶玉那寶玉見賈政吩咐他不許動早知凶多吉少那里承望賈環又添了許多話正在廳上乾轉怎得個人來往里頭去稍個信偏生

没一個人來連茗烟也不知在𥚃那正盼望時只見一個老媽媽出来了寳玉如得了珍寳便赶上來拉他説道快進去告訴老爺要打我呢快去快去要緊要緊寳玉一則急了説話不白明二則老婆子偏生天聾竟不曾聽見是什庅話把要緊二字只聽作跳井二字便咲道跳井叫他跳去二爺怕什庅寳玉見是個聾子便着急道

你出去快叫我的小厮來罷那婆子道有什麽不了事的太太又賞了衣服又賞了銀子怎麽不了事呢寶玉急的跺脚正没抓尋處只見賈政的幾個小厮來逼着叫出去了賈政一見眼都紅了也不暇問他在外遊蕩優娼表贈私物在家荒踈學業淫辱等語只喝命堵起嘴來着實打死小厮們不敢違拗只得將寶玉按在櫈上舉

起大板打了十來下賈政猶嫌打的輕一腳踢開那掌板的自己奪過來咬着牙根命打了三四十下衆門客見打的不祥了忙上來奪勸賈政那里肯聽說道你們問問他幹的勾當可饒不可饒素日都是你們這些人把他釀壞了到這步田地還來解勸明日釀到他父殺殺君你們纔不勸不成衆人聽這話不好聽知道是氣急了

忙又退出只得覓人進去稍信王夫人不敢先回賈母只得忙穿衣出來也不顧有人沒人忙忙赶往書房中來慌的衆門客小廝等避之不及王夫人一進房來賈政更如火上澆油一般那板子越發下去的又狠又快按宝玉的兩個小廝忙鬆了手走開宝玉早已動彈不得了賈政還欲打時早被王夫人抱住板子賈政道罷了罷

了令日必定要氣死我纔罷王夫人哭道宝玉雖然該打老爺也要自重况且炎天暑日内老太太身上又不大好打死宝玉事小倘或老太太一時不自在了豈不事大賈政冷咲道到休提這話箇我養了這不肖的孽障我已不孝教訓他一番又有衆人護持不如趁今日一發勒死了絶将来之患說着便要繩鎖来勒死王夫人連忙

抱住哭道老爺雖然應當管教兒子也要看夫妻分上我如今已將五十歲人只有這個業障必定苦苦以他為法我也不敢深勸今日索性要他死了豈不是有意絕我既要勒死他快拿繩子來先勒死我再勒死他我們娘兒們不敢啣怨到底在陰司里得個依靠說畢爬在宝玉身上不覺大哭起來賈政聽了此話不覺長嘆一聲向

椅上坐了泪如雨下王夫人抱着宝玉只見他面白氣弱底下穿的一條線紗小衣皆是血漬禁不住解~~争~~了漢巾看去由肶至脛或青或紫或整或破竟無一点好處不覺失聲大哭起苦命的兒来因哭出苦命兒來忽又想起賈珠来便叫着賈珠哭道若有你活着便死一百個我也不管了此時里面的人聞得王夫人出来了那李宮

裁王熙鳳與迎春姊妹早已出來了王夫人哭着賈珠的名字別人還可惟有李宮裁禁不住也放聲哭了賈政聽見那淚珠便似滚瓜一般滚了下來正没開交處忽見丫環來説道老太太來了一句話未了只聽窗外顫巍巍的聲氣説道先打死我再打死他豈不乾净賈政知道是他母親來了又急又痛連忙迎出來只見賈母扶

着丫環搖頭喘氣的走來賈政只得上前躬身陪咲說道大暑熱天母親有何生氣親自走來有話只該吽了政兒去吩咐賈母聽說便止住步喘息一會厲聲說道你原來是和我說話我到有話吩咐只是可憐我一生沒養個聽話的兒子却吽我吩咐誰去賈政聽這話不像忙跪下含泪說道為兒的教訓兒子也為的是光耀祖宗

母親這話我作兒的如何禁的起賈母聽說便啐了一口道我說了一句話你就禁不起你那樣下死手的板子難道寶玉就禁的起了你說教訓兒子是光耀祖宗當日你父親是怎樣教訓你來說着也不覺滚下泪來賈政又陪笑道母親也不必傷感皆是作兒一時性起從此再不打他了賈母便冷笑幾聲道你也厭煩我們娘兒

們不如我們早離了你大家乾净説着便
命人去看轎馬我和你太太宝玉立刻回
南京去家下人只得乾荅應着賈母又叫
王夫人道你也不必哭了如今宝玉年紀
小你疼他他将來長大了為官作宰的也
未必想着你是他母親了你如今不要疼
他只怕将來還省一口氣呢賈政聽説忙
叩頭哭道母親如此説賈政無立足之地矣

賈母冷笑道你分明使我無立足之地你反賴起我來到是我們回去了你心里乾净看有誰來許你打一面說一面只命快打点行李車轎回南去賈政苦苦叩求認罪賈母一面說話一面又記掛着寶玉忙進来看時只見今日這頓打不比往日又是心疼又是生氣也抱着哭個不了王夫人與鳳姐等解勸一回方漸漸的止住早有

了環媳婦等上来要攙宝玉鳳姐便罵道
糊塗東西也不睜開眼睄睄打的這個樣
見還要攙着走還不快進去把那籐屜子
春櫈抬出来呢衆人聽説連忙進去果然
抬出春櫈来將宝玉抬放在櫈上隨着母
賈母王夫人等進去送至賈母房中彼時
賈政見賈母氣未全消不敢自便也只得
跟了進來看看宝玉果然打重了再看看

王夫人見一聲肉一聲你替珠見早死了留下珠見也免你父親生氣我也不白操這半世的心了這會子你倘或有個好共歹丟下我叫我靠那一個數落一場又哭不爭氣的兒賈政聽了也就將心灰了自悔不該下毒手打到如此地步先勸是賈母含淚說道你不囘去還在這里做什麼難道于心不足還要眼看着他死了纔去不

成賈政聽說方退了出来此時薛姨媽同宝釵香菱襲人史湘雲等也都在這里襲人滿心委屈只不好十分使出來見衆人圍着灌水的灌水打扇的打扇自己又不下手去便索性走出來到二門前命小廝們找了茗烟來細問方纔好端端的為什庅打起来的你也不早来透個信茗烟急的說偏生我没在根前打到半中間我纔聽

見了忙打聽原故却是琪官同金釧兒姐姐事襲人道老爺怎麽得知道的茗烟道那琪官的事多半是薛大爺素日吃醋設法兒出氣不知在外頭調唆了誰來在老爺跟前下的火那金釧兒的事大約是三爺説的我也是聽見跟老爺的人説的襲人聽了這兩件事都對景心中也就信了九分然後回身進來只見衆人都替寶玉

療治調停完備賈母命人好生抬到他房内去衆人荅應七手八脚忙把宝玉抬入怡紅院内自己床上卧好又亂了半日衆人漸漸散去襲人方進前來經心扶侍問他端的且聽下回分解

石頭記第三十四回

情中情因情感妹妹

錯里錯以錯勸哥哥

説話襲人見賈母王夫人去後便走來寳玉身邊坐下含泪問他怎麽就打死的這步田地寳玉嘆氣説道不過為那些事問他作什麽只是下半截疼的狠你瞧瞧打壞了那里襲人聽説便輕輕的伸進手去將

中衣退下寶玉略動一動便咬着牙叫噯
喲襲人連忙止住手如此三四次纔退了
下来襲人看時只見腿上半青半紫都有
四指寬的傷痕高了起來襲人搖着頭說
道我的娘怎麽下的這麽毒手你但凡聽
我一句勸也不到這步地位幸而没動筋
骨倘或打出個殘疾来可叫人怎麽樣呢
正說着只聽丫環們說寶姑娘来了襲人

聽說知道穿不及中衣便拿了一床紗被
替寶玉蓋了只見寶釵手里托着一丸藥
走進來向襲人道晚上把這藥用酒研開
替他敷上把那漢血的熱毒散開可以就
好了說畢遞與襲人又問這會子可好些
寶玉一面道謝說好些又讓坐寶釵見他
睜開眼說話不像先時心中也寬慰了好
些便點頭嘆道早聽人一句話也不至今

日別說老太太太太心疼便是我們看着心里也剛說了半句又忙噉住自悔說的話急速了不覺紅了臉垂來宝玉聽見這話如此親切稠密竟大有深意忽見他又噉住不往下說紅了臉低頭只管弄裙帶那一種姣羞怯怯非可形容得出者不覺心中大暢將疼痛忘了心中自思我不過捱了幾下打他們一個個就有這些憐惜悲

感之態露出令人可玩可觀可憐可敬假若我一時竟遭瘟橫死他們还不知是何等悲感呢既有他們這樣我便一時死了得他們如此一生事業縱然盡付東流亦無足嘆息冥冥之中若不怡然自得亦可謂糊塗鬼祟矣正想着只聽宝釵問襲人道怎麼好好的動了氣就打起來了襲人便把茗烟的話説了出来宝玉原來还不

知道賈環的話聽見襲人説出方緣知道
因又拉上薛蟠惟恐寶釵沉心忙又止襲
人道薛大哥哥從来不這樣你們别混裁
奪寶釵聽説便知寶玉是怕他多心用話
攔襲人因心下暗想道打到這個形景疼
还顧不過来还是這樣細心怕得罪了人
可見在我們身上也算是用心了你既這
樣用心何不在外頭大事上做工夫老爺也

喜歡了也不能吃這虧但你固然怕我況心所以攔襲人難道我就不知道我哥哥素日姿心縱慾毫無記犯的那種心性當日為一個秦瑧竟还鬧的天翻地覆自然如今比先又更利害了想畢因笑道你們也不必怨這個怨那個據我想到底宝兄弟素日不正經肯和那些人来往老爺纔生氣就是我哥哥說話不防頭一時說出

宝兄弟来也不是有心調唆一則也是本来的寔話二則也原不理論這些防碍的小事襲姑娘從小兒只見過宝兄弟這樣細心的人你何常見過我那哥哥天不怕地不怕心里有什庅口里就說什庅的人襲人因說出薛姨蟠媽来見宝玉攔他的話早已明白自己話說造次了恐宝釵沒意思聽宝釵如此說更覺着愧無言宝玉又

聽宝釵這番話一半是堂皇正大一半是
去自己的疑心更覺比先暢快了方欲說
話時只見宝釵起身說道明兒再来看你
你好養着罷方纔我拿来的藥交給襲人
了晚上敷上就好了說着便走出門去襲
人赶着送出院外說姑娘到貴心了改日
宝二爺好了親自去謝去宝釵回頭咲道
有什庅謝去你只勸他好生靜養別胡思

乱想的就好了要想什庅吃的顽的你悄悄的往我那里取去不必驚動老太太太太衆人倘或吹到老爺耳躲里去雖然彼時不怎庅樣将来對景總是要吃虧呢說着一面去了襲人抽身回來心内着寔感服宝釵進來見宝玉沉思默默因而退出房外自已擳沐宝玉默默的淌在床上無奈臀上作痛如針挑刀挖一般更又熱如

火炙暑展轉時禁不住噯喲之聲那時天色將晚因見襲人去了却有兩三個丫環伺候此時並無有可呼喚之事因說道你們且去梳洗等我吽人再來家人聽了也都退出這里寶玉昏昏默默只見蔣玉菡走了進來訴說忠順府拿他之事一時又見金釧兒進來哭說為他投井之事寶玉半夢半醒却不在意忽又覺有人推他恍

恍惚惚聽得有人悲戚之聲寶玉從夢中驚醒睁眼一看不是别人正是林代玉猶恐是夢忙又將身子欠起來向臉上細細一認只見他兩個眼睛腫的桃兒一般滿面泪光不是代玉却是那個寶玉還欲看時怎奈下半截疼痛難禁支持不住便噯喲一聲仍舊倒下嘆了一聲說道你又作什麼來了雖說太陽落了那地上餘熱未

散走了来倘或又受了暑呢我雖然捱了打並不覺疼痛我這個樣兒也是粧出来哄他們好在外頭佈散與老爺聽其寔是假的你不可信真此時林代玉雖不是嚎啕大哭然越是這等無聲之泣氣噎喉賭更覺利害聽了宝玉這番話雖有萬句言詞只是不能說出半日方抽抽噎噎的說道你從此可都改了罷宝玉聽說便長嘆一

聲道你放心別說這樣話我便為這些人死了也是情愿的一句話未說了只聽院外人說二奶奶来了林代玉便知是鳳姐来了連忙立起来身說道我打後院子里去罷回来再來宝玉一把拉住說道這又奇了好好的怎庅怕起他來了林代玉急的跺腳悄悄的說道你睄睄我的眼精（睛）又該他拿着取笑兒開心了宝玉聽說連忙

的放了手林代玉三步兩步轉過床後剛出了後院鳳姐見從前頭已進來了問宝玉可好些了想什庅吃叫人往我那里取去接着薛姨媽又来了一時賈母又打發了人来至掌灯時分宝玉只喝了兩口湯便昏昏沉沉睡去接着周瑞媳婦吳龍登鄭好時媳婦這幾個有年紀長往来的只聽宝玉挨了打也都進來請安襲人忙迎

出来睄睄咲道嬸子們來遲了一步二爺纔睡着了說着一面待他們到那邉房里坐了倒茶與他們吃那幾個媳婦子都悄悄的坐了一回向襲人說道等二爺醒了你替我們回罷襲人答應送他們出去剛要回來只見王夫人使了個老婆子来口稱太太呌一個跟二爺的人呢襲人見說想了一想便回身悄悄的告訴晴雯麝月

香雲秋紋等說太太吽人呢你們好生在屋裡我去了就来說畢同那婆子一直出了園子來至上房王夫人正坐在凉榻上搖着芭蕉扇子見他來了說道你不管吽個誰来也罷了你又丢下他來了誰伏侍他呢襲人見說連忙陪笑回道二爺纔睡安穩了那四五個丫頭如今也好了會伏侍二爺了太太請放心恐怕太太有什庅

話吩咐打發他們来恐聽不明白倒躭悮

了事王夫人道也没什庅話白問他這會

子疼的怎庅樣襲人道宝姑娘送去的藥

我給二爺敷上了比先好些了先疼的淌

不穩這會子都睡沉了可見好些王夫人

又問吃了什庅没有襲人道老太太給的

一碗湯喝了兩口只嚷干渴要吃酸梅湯

我想着酸梅是個収歛的東西纔剛捱了

打又不許叫喊自然急的那熱毒熱血未免不存在心里倘或吃下這個去激在心里那時弄出大病來可怎麽樣呢因此我勸了半天纔沒吃只拿那糖醃的玫瑰滷子和了吃了半碗又嫌吃絮了不香甜王夫人道嗳喲你不該早來和我説前兒有人送了幾瓶子香露來原要給他一点子的我怕他胡遭蹋了就沒給既是他嫌那些

玫瑰膏子絮煩把這個拿兩瓶子去一碗
水里只用挑一茶匙子就香的了不的呢
說着就喚彩雲來把前兒的那幾瓶香露
拿了來襲人道只拿兩瓶來罷多了也白
遭塌了等不彀再來取也是一樣彩雲聽
說去了半日果拿了兩瓶來遞與襲人襲
人看時只見兩個玻璃小瓶都有三寸大
小螺絲銀盖鵝黄綫箋上寫木樨清露那

一個罵着玫瑰襲人咲道好尊貴東西這庅個小甁兒能有多少王夫人道那是進上的你沒看見鵝黄箋子你好生、替他收着別遭蹋了襲人答應着方要走時王夫人又叫跕着我想起一句話來問你襲人忙回來王夫人見房內無人便問道我恍惚聽見今日宝玉挨打是環兒在老爺跟前說了什庅話你可聽見這個了你要聽見告訴我聽聽我也不吵出来教人知道是你說的襲人道我到沒聽見這話只聽說為二爺霸占着戲子人家來和老爺要為這個打的王夫人摇頭說道也為這個打的还有別的原故襲人道別的原故寔在不知道了我今日大胆在太太跟前說句不知好歹的話論理說了半截忙又嚥住王夫人道你只管說來襲人咲道太太別生

氣我就說了王夫人道我有什庅生氣的你只管說襲人道論理我們二爺也須得老爺教訓教訓若老爺再不管不知將来做出什庅事来呢王夫人一聞此言便合掌念聲阿彌陀佛由不的赶着襲人叫了聲我的兒虧你也明白這心一樣我何曾不知道管兒子先時你珠大爺在我是怎庅管来着難道我如今到不知道管兒子

了只是有個緣故如今我想我已經五十歲的人了通共剩他一個他又長的单弱况且老太太宝貝是的若管緊了他倘或再有個好共歹或是老太太氣壞了那時上下不安豈不到壞了所以就縱壞了我常常辦着口兒勸一陣說一陣氣的罵一陣哭一陣彼時他好過後兒还是不相干端底吃了虧纔罷設若打壞了将来我靠

誰呢說着由不得滚下泪来襲人見王夫人這般悲感自已也不覺傷了心陪着落泪又道二爺是太太養的太太豈不心疼便是我們做下人的伏侍一場大家落個平安也算是造化了要這樣起来連平安都不能了那一日那一時不勸二爺只是再勸不醒偏生那些人又肯親近他也怨不得他這樣總是我們勸的倒不好了今兒

太太提起這話来我還記掛着一件事每要来回太太討太太個主意只是我怕太太疑了心不但我話白說了且連葬身之地都没了王夫人聽了這話内有因忙問道我的兒你有話只管說近来我雖聽見衆人背前背後都誇你我还信不真只怕你不過是在宝玉身上留心或是諸人跟前和氣這些小意思好誰知你方纔和我

說竟是大道理合我的心你有什庅只管說什庅只別叫人知道就是了襲人道我也沒什庅的說話我只想着討太太一個示下怎庅變個法兒已後竟还叫二爺搬出園子來住就好了王夫人聽了吃一大驚忙拉了襲人手問道寶玉難和誰作怪了不成襲人連忙回道太太別多心並沒有這話這不過是我的小見識如今二爺也

大了裡頭姑娘們多况且林姑娘寶姑娘又是兩姨姑表姐妹雖說是姐妹們到底是男女之分日夜一處起坐不方便由不的叫人懸心便是外人看着也不像大家子的体統俗語說的沒事常思有事世上多少沒頭腦的事多半皆因無心中作出被有心人看見當作事情到反說壞了只是預先不防着斷然不好二爺素日的性格

兒太太是知道的他又偏好在我們隊里
鬧倘或不防前後錯一点半点兒不論真
假人多口雜那起小人的嘴有什庅避諱
心順了說的比菩薩还好心不順就貶的
連畜生不如二爺將来倘或有人說好不
過大家直過若叫人嘮出一叡不字来我
們不用說粉身碎骨罪有萬重都是平常
小事但後来二爺一生的叡名品行豈不

完了二則太太也難見老爺俗語又說君子防不然不如這會子防避爲是太太的事情多一時固然想不到我們想不到、則可既想到了若不回明太太其罪越發重了近來我爲這事日夜懸心又不好說與人惟有灯知道罷了王夫人聽了這話如轟雷震耳一般正觸了金釧兒之事心下感愛襲人不盡忙說道我的兒你竟有這

個心胸想的這樣迴到我何嘗文不想到
這里只是這幾天有事就忘了你今這番
話提醒了我難為你成全了我娘兒兩個
聲名臉面真真我竟不知道你這般好罷
了你且去罷我自有道理只還有一句話
你今既說了這樣的說俐今既說了這樣
的話我就把他交給你了好歹留心保全
了他就是保全了我我自然不辜負你襲

人連連荅應着去了回來正值宝玉睡醒回明香露之事宝玉喜不自禁即命挑出嚐試果然異妙非常因心下記掛着林代玉滿心里要打發人去只是怕襲人疑心便設一法兒先使襲人往宝釵那里去借書襲人只得去了宝玉便悄命晴雯前文晴雯放肆原有把柄所持也吩咐道你到林姑娘那里去看看他作什麼呢他要問我只說我好了

晴雯道白眉赤眼作什庅去呢到底説句
話兒也像件事宝玉道没有什庅可説的
晴雯道若不然或是送件東西或是取件
件東西不然我去了怎庅樣搭赸呢宝玉
想了一想便伸手拿了兩條手帕子撂與
晴雯咲道也罷就説我叫你送這個給他
去了晴雯道這又奇了他要這半新不舊
的兩條汗巾作什庅呢宝玉道你放心他自然知道晴雯聽説只得

拿了帕子往瀟湘館来只見春纖正在欄杆上晾手帕子見他進來忙搖手兒說睡下了晴雯走進來滿屋裡漆黑並未點燈林代玉已睡在床上問是誰晴雯忙荅道晴雯代玉問道作什麼晴雯道二爺叫我給姑娘送手帕子来了代玉聽了心中發悶暗想道作什麼送手帕子来給我因問道這手帕子是誰送他的必定是上好的

叫他留着送别人罷我這會子不用這個
晴雯咲道不是新的就是家常舊的林代
玉聽了越發悶了着實細心搜求忖了半
日大悟過来連忙說放下去罷晴雯聽了
只得放下抽身回去一路思量不解何意
這里林代玉体貼出手帕子的意思来不
覺神魂遥馳宝玉的這番苦心能領會我
這番意思又令我可喜我這番苦意不知將来

如何又令我可悲忽然好好的送兩塊舊
帕子来若不領會深意单看了這帕子又
令我可咲再想私相傳遞我又可懼我自
已每每好哭想来也無味又令我可愧如
此左思右想一時七情六慾將五内沸然
炙起林代玉由不覺淂尚有餘意纏綿便
急命掌灯也想不起嫌疑避諱等事便向
案上研墨醮筆便向那兩塊帕上走筆寫

道眼空蓄泪泪空垂暗洒閑抛却為誰尺
幅鮫綃勞解贈叫人焉得不傷悲拋珠滚
玉只偷潸鎮日無心鎮日閑枕上袖边難
拂拭任他點點與班班彩線难妝面上珠
湘江舊迹已模糊窗前亦有千竿竹不識
香痕漬有無林代玉還要往下寫時怎奈
兩塊帕子都寫滿了方擱下筆覺得渾身
火熱面上作燒走至鏡台前揭起錦袱一

照只見腮上通紅自羨壓倒桃花却不知病由此萌一時方上床睡去猶拿着那帕子思索不在話下却説襲人来見宝釵誰知宝釵不在園内竟出往他母親那里去了襲人便空手回来誰知宝釵素習深知薛蟠之性情心中已有一半疑薛蟠調唆了人来告宝玉的令又聽襲人説出来越發信了究竟襲人是聽茗烟説的那茗烟

也是私心窺度並未據宴大家都是一半猜度一半據宴竟認準是他說的那薛蟠都因素日有這聲名其宴這一次却不是他幹的被人生生的一口咬死是他有口難分這日正從外面吃了酒回來見過母親只見宝釵在這里說了幾句閑話因問聽見宝兄弟吃了虧是為什麼薛姨媽正為這個不自在見他問時咬着牙道不知

好歹的寃家都是你鬧的你還有臉來薛蟠見説便怔了忙問道我何嘗鬧什麼來着薛姨娘道你還裝憨兒呢人人都知道是你説的你還有臉來問薛蟠道人人説我殺了人也就信了罷薛姨娘道連你妹妹都知道是你説的難道他也賴你不成寶釵忙勸道媽合哥哥且别㘅叫消消停停就有個青紅皂白了因向薛蟠道是你説的也

罷不是你說的也罷事情過去了不必較証到把小事弄大了我只勸你從此以後少外頭胡鬧少管別人的事天天一處大家胡曠你是個不妨頭的人過後沒事就罷了或者有事不是你幹的人人都也疑惑你幹的不用說別人我先就疑惑你薛蟠本是個口直心快的人一生見不得這樣藏頭露尾的事又見寶釵勸他不要曠

去他母親又説他拉舌宝玉之打是他治的早已急的乱跳賭身發誓的分辯又罵衆人誰這樣贜派我我把囚攮的牙敲了纔罷分明是為打了宝玉沒的獻勤兒拿我作幌子難道宝玉是天王他老子打他兩下子過後兒老太太不知怎庅知道了説是珍大哥治的好好的叫了去罵了一頓今兒索性拉上我了既拉上我我也不

怕我索性進去把宝玉打死了我替他償了命大家干净一面嚷一面抓起一根門閂来就跑慌的薛姨娘一把拉住罵道作死的業障你打誰去你先来打我薛蟠将眼急的銅鈴一般嚷道何苦来又不叫我去又好好的賴我将来宝玉活一日我就一日耽口舌不如大家死了乾净宝釵忙也上来劝道你忍耐些兒罷媽急的這個樣

別說是媽便是個傍人来劝你也為你好
剛把你的性手劝上来了薛蟠道你這會
又說這話都是你說的宝釵道你只怨我
說你再不怨你那顧前不顧後的形景薛蟠
道你只會怨我顧前不顧後你怎庅不怨
宝玉外頭招風惹草的那个樣子別說多
的只拿前兒琪官的事比給你們聽聽那
琪官我們見過十来次的他並未和我說

一句親熱話怎庅前兒他見了連姓名還不知道就把汗巾子給他了難道也是我說的不成薛姨媽和宝釵忙說道還提這個可不是為這個打他呢可見是你說的了薛蟠道真真的氣死了人賴我說的我不惱我只惱為一個宝玉鬧的這樣天翻地覆的宝釵道誰鬧了你先持刀動棍的鬧起来倒說別人鬧薛蟠見宝釵說的句

句有理難以駁政此母親反難回答因此便要設法堵回他去就無人攔自已的話了也因在氣頭上未曾想話之輕重便說道好妹妹你不用和我鬧我早知道你的心了從先媽我和說你這金要揀有玉的說是好姻緣你留了心見宝玉有那撈子玉你自然如今行動護着他話未說了把宝釵氣怔了拉着薛媽媽哭道媽媽你听哥

哥説的是什庅話薛蟠見妹子哭了便知
自巳冒撞堵氣走到自巳房里安歇不提
這里薛媽媽氣的乱戰一面來勸宝釵道
你素日知道這業障説話没道理明日我
呌他給你賠不是宝釵满心里的委曲氣
忿待要怎樣又怕母親不安少不得含泪
別了母親各自回來到房中整哭了一夜
次日起來也無心梳洗胡乱整理整理便

出来瞧母親可巧遇見林代玉獨立在花
陰之下問他那去薛宝釵因説道家去只
里説着便只管走林代玉見他無精打彩的
去了又見臉上似有哭泣之狀大非往日
可比便在後面笑道姐姐自己保重些兒
就是哭出兩缸眼泪来也醫不好棒瘡不
知薛宝釵何如答對且听下回冊分解

石頭記第三十五回

白玉釧親嘗蓮葉羹
黃金鶯俏結梅花絡

話說寶釵分明聽見林黛玉薄（尅）他因記掛着母親哥々並不回頭一逕去了這裡林黛玉還自立於花陰之下遠々的却向怡紅院內望着只見李宮裁迎春探春惜春並各項人等都向怡紅院內去過之後一

起一起散盡了只不見鳳姐兒來心里自
已盤算道如何他不來雖寶玉便是有事
纏住了他必定也是要來打個花胡哨討
老太〻和太〻的好兒纔是今兒這早晚
不來必有原故一面猜疑一面抬頭再看
時只見花〻簇〻的一羣人又向怡紅院
內來了定睛看時只見賈母搭著鳳姐的
手後頭邢夫人王夫人跟著周姨娘並了

鬟媳婦人等都進院去林黛玉看了不覺點頭嘆氣想起有父母的好處來早又珠淚滿面少頃只見寶釵薛姨娘等也入（進）去了忽見紫鵑從背後走來說道姑娘吃藥去罷開水又冷了林黛玉道你到底要怎麽樣只是催我吃不吃管你什麽相干紫鵑咲道咳嗽的纔好些了又不吃藥了如今雖然是五月裡天氣熱到底也該還小心

些大清早起在這個潮地方跕了半日也
該回去歇息々々了一句話提醒了林黛
玉方覺有些腿酸呆了半日方慢々的回
紫鵑回瀟湘館來一進院門只見滿地下
竹影參差苔痕濃淡不覺又想起西廂記
中所云幽僻處可有人行点蒼苔白露冷
冷二句来因暗々的嘆道雙文々々誠為
薄命人矣然你雖命薄尚有孀母弱弟今

日林黛玉之薄命一併連孀母弱弟俱無古人云佳人薄命然我又非佳人何命薄勝于雙文哉一面想一面只管走不妨廊簷上的鸚哥見林黛玉來了嘎的一聲撲了下來到嚇了一跳因說道作死的又搧了我一頭的灰那鸚哥見仍飛上架去便叫雪雁快掀簾子姑娘來了林黛玉便止住步以手扣架嘆道添了食不曾那鸚

哥便長嘆一聲便似林黛玉素日呼嗟音韵接着念道儂今葬花人咲痴他年葬儂知是誰試看春盡花漸落便是紅顏老死時一朝春盡紅顏老花落人亡兩不知林黛玉紫鵑聽了都咲起来紫鵑咲道這都是姑娘念的難為他怎麽記来着黛玉便命紫鵑將架摘下来另掛在月洞窗外的簷上於是進了屋子在月洞窗内坐了吃

畢藥只見窗外竹影映入紗窗来滿屋内
陰〻翠潤几簟生涼林黛玉無可釋悶便
隔着紗窗調逗鸚哥作戲又將素日所喜
的詩詞也教他念這且不在話下且說薛
寶釵来至家中只見母親正自梳頭呢一
見他来了便說道你大清早起跑来做什
麼寶釵道我瞧〻媽〻身子好不好昨日
我去了不知他可又過来鬧了沒有一面

说一面在他母親身傍坐了由不得哭将起来薛姨媽見他一哭自己掌不住也就哭了一面又勸他我的兒你别委曲了你等我處分那業障你要有個好合歹我指望那一個来薛蟠在那邊見了連忙跪過来對着寶釵左一個揖右一個揖只説好妹〻恕我這次罷原是我昨兒吃了酒回来的晚了路上撞客着了来家未醒不知

胡説了些什麽連我自己也不知道怨不得生氣薛寶釵原是掩面哭的聽如此説由不得又好笑了遂抬頭向地下啐了一口説道你不用作這些像聲兒我知道你的心多嫌著我們娘兒兩個你是變著法兒叫我們離了你你就心净了薛蟠聽説連忙笑道妹妹這話從那里説起來的這叫我連立足之地都没有了妹妹從來不

是這樣多心說這歪話〻人薛姨媽忙又接着道你就只會聽見你妹〻的歪話難道昨兒晚上你說的那話就該的不成當真是你發昏了薛蟠道媽也不必生氣了妹〻也不用煩惱從此以後我再不同他們一處吃酒閒逛如何寶釵笑道這不明白過來了薛姨媽道你有這個橫勁那龍也下蛋了薛蟠道我再和他們一處逛妹

妹聽見了只管啍我再叫我畜生不是人
如何〻苦来為我一個人娘兒兩個天〻
操心媽為我生氣還有可恕只管妹〻為
我操心我更不是人了如今父親沒了我
不能多孝順媽多疼妹〻反叫媽生氣妹〻
煩惱真連個畜生也不如了口里說眼睛
裡禁不住也滾下泪来薛姨媽夲不哭的听
寶釵嘆道鬧彀了又招着媽哭起来
他一說又勾起傷心来薛蟠聽說忙收了

泪咲道我何曾招媽哭来罷〻丢下這個別提了吽香菱来到茶妹〻吃寳釵道我也不吃茶等媽洗了手我们就進去了薛蟠道妹〻的項圈我瞧〻只怕該炸一炸去了寳釵道黄澄〻的又炸他做什庅薛蟠又道妹〻如今也該添補些衣裳要什麽顔色花様告訴我寳釵道這這些衣服還沒穿遍呢又做什麽一時薛姨娘換了衣

裳拉着寶釵進去薛蟠方出去了這裡薛姨媽合寶釵進園子裡瞧寶玉到了怡紅院中只見抱廈裏外迴廊上許多丫鬟老婆站着便知賈母等都在這里母女兩個進來大家見過了只見寶玉渦在榻上薛姨媽問他可好些寶玉忙欲欠身口裡荅應着好些又說只管驚動姨娘姐姐我經不起薛姨媽忙扶他睡下又問他想什麼只

管告訴我寶玉咲道我想起来自然合姨媽要去王夫人又问你想什麽吃回来好給你送来寶玉咲道倒不要什麽吃倒想昰那一回做的小荷葉兒小蓮蓬兒的湯還好些鳳姐一旁咲道聽々口味不算高貴只是太磨牙了巴々的想這個吃了賈母便一疊連聲的叫做去鳳姐咲道老祖宗别急等我想一想這模子誰收着呢因

回頭吩咐婆子去问管厨房的要去那婆子去了半天回来说管厨房的说四付湯模子都交上来了鳳姐聽说想了一想道我記得交上来了不知交給誰了多半在茶房裡面又遣人去问管茶房的也不曾收次後還是管金銀器皿的送了来薛姨媽先接過了瞧時原来是個小匣子裏面裝着四付銀模子都有一尺多長一寸見方

上面鑿成有豆子大小也有菊花的也有梅花的也有蓮蓬的也有菱角的共有三四十樣打的十分精巧因笑向賈母王夫人道你們府上也都想絕了吃碗湯還有這些樣子若不說出來我見了這個也不認得這是做什庅用的鳳姐也不等人說話便笑道姨娘那里曉得這是舊年預備膳的他们想的法兒不知弄些什庅麵印

出来借着请汤的味道做出来也還罷了究竟没意思谁家〻常飯吃他呢那一回呈樣的作了一回他今兒怎麼想起来了説着接了過来遞與個婦人吩咐廚房裡立刻拿幾隻雞另外添了東西做出十来碗来王夫人道要這些做什麼鳳姐笑道有个原故這一宗東西家常不大作今日寶兄弟提起来了单做給他吃老太〻姨

媽太太都不吃似乎不大好不如借勢兒賞些大家吃托賴着連我也上個俊賈母聽了笑道猴兒把你乖的拿着官中的錢你作人說的大家笑了鳳姐也忙笑道這不相干這个小東道我還孝敬的起便回頭吩咐婦人說給廚房只管將生添補着做了在我的賬上來領銀子婦人答應着去了寶釵一旁笑道我來了這麼幾年留

神看起来鳳姐〻憑他怎庅巧〻不過老太
太去賈母聽説便荅道我的兒我如今老
了那里還巧什庅當日我像鳳姐這庅大
年紀比他還来得呢他如今雖説不如我
也就筭好了比你姨娘强遠了你姨娘可
憐見的不大説話和木頭是的在公婆跟
前就不大顯好兒鳳姐嘴乖怎庅怨得人
疼他寶玉咲道若這庅説不大説話的就

不疼了賈母道不大説話的又有不大説
話的可疼之处嘴乖的也有一宗可嫌的
到不如不説的将宝玉咲道這就是了我
説大嫂子到不大説話呢老太〻也是和
鳳姐〻一様看待若説是會説話的可疼
這些姐妹裡頭也只是鳳姐〻和林妹〻
可疼了賈母道提起姐妹来不是我當着姨
太〻当面奉承千真萬真從我們家四個女

兒莫起都不如寶丫頭薛姨娘聽説忙咲道這話老太〻是偏説了王夫人忙又咲道老太〻時常背地里向我説寶丫頭好這倒不是假話寶玉勾着賈母原為讚林黛玉的不想反讚起寶釵来倒也意出望外便看着寶釵一咲寶釵早扭過頭去和鴛人説話去了忽有人来請吃飯賈母方立起身来命寶玉好生養着又把丫頭們嘱

咐了一回方扶着凤姐儿讓薛姨媽大家
出房去了因问湯好了不曽又向薛姨媽
等想什庅吃只管告訴我々有本是叫凤
丫頭弄了来僭们吃薛姨媽咲道也會滬
他時常他弄了東西孝敬老太々究竟又
吃不了多少凤姐咲道姨娘到别這庅说
我们老祖宗只是嫌人肉酸若不嫌人肉
酸早已把我還吃了呢一句话沒说了引

起賈母衆人都哈〻的咲起来寳玉在房
裡也掌不住咲了襲人咲道真〻的二奶
奶的這張嘴怕死人寳玉伸手拉着襲人
咲道你站了這半日可乏了一面説一面
拉他身旁坐了襲人咲道可是又忘了趁
寳姑娘在院裡你和他説煩他的鶯兒来
打上幾根絡子寳玉咲道虧你提起来説
着便抬頭向窗外道寳姐〻吃過飯叫鶯

兒来煩他打幾根絛子可淂閑庅寶釵听見回頭咲道怎麼不淂閑一會兒呌他来便是了賈母尚未聽真都止住步問寶釵寶釵説明了大家方明白賈母又説道好孩子你呌他来給你兄弟做幾根你要使人我那里閑著的丫頭多呢你喜歡誰只管呌了来使喚薛姨媽寶釵等都咲道只管呌他来做就是了有什庅使喚人的去

處天〻也是個著淘氣大家說著往前正
走忽見史湘雲平兒香菱等在山石邊摘
鳳仙花兒見了他們走來都迎上來了少
頃出至園外王夫人恐賈母乏了讓至上
房內坐賈母也覺得腳酸便點頭依允王
夫人便命小丫頭子們先鋪設坐位那時
趙姨娘推病只有周瑞娘同衆婆子丫頭
們忙著打簾子立靠背鋪褥子賈母扶著

鳳姐兒進来與薛姨媽分賓主坐了薛寶
釵史湘雲坐在下面王夫人親捧了茶来
奉与賈母李宮裁捧与薛姨媽賈母向王
夫人道讓他們小妯娌們服侍你在那里
坐下好説話兒王夫人方向一張小杌子
上坐了便吩咐鳳姐道老太太的飯在這
里放添些東西来鳳姐答應了出去便命
人去賈母那邊告訴那邊的婆娘忙往外

傳了丫頭們兆赶過來王夫人便命請姑娘們去請了半天只有探春惜春兩个來了迎春身上不奈煩不吃飯了黛玉自不消說平素十頓飯只好吃五頓衆人也不著意了少頃飯至衆人調放了桌子鳳姐用手巾裹著一把牙箸咲道老祖宗和媄媽不用讓還聽我說就是了賈母咲向薛姨媽道我們就是這樣薛姨媽咲著應了于是鳳

姐放了四雙上面兩雙是賈母薛姨媽兩
邊是薛寶釵史湘雲的王夫人李宮裁都
站在地下看着放菜鳳姐先忙着要乾淨
家伙來贊替寶玉揀菜少頃荷葉湯來賈母
看過了王夫人回頭見玉釧兒在旁邊便
命玉釧兒與寶玉那里送去鳳姐道他一
個人拿不去可巧鶯兒合同喜兒都來了
寶釵知道他們已吃了飯便向鶯兒道寶

兄弟正呌你去打絛子你们兩個一同去
羅鶯兒答應同玉釧兒出來鶯兒道這麽
遠怪熱的怎庅端了去玉釧咲道你放心
我自有道理説着便命一个婆子来將湯
飯等類放在一個捧盒裡命他端了跟着
他兩個他兩個却空着手走一直到了怡
紅院门口玉釧兒方接了過来同鶯兒進
了寶玉房中襲人麝月秋紋三個人正和

寶玉頓呢（咲）見他兩個来了都忙起来咲道你們兩個這麼礀的巧一齊来了一面說一面接了下来玉釧兒便向一張杌子上坐了鶯兒不敢坐襲人便忙端了個脚踏来鶯兒還不敢坐寶玉見鶯兒来了却到十分歡喜忽見了玉釧兒便想起他姐〃金釧兒来又是傷心又是慚愧便（把）鶯兒丟下（先）和玉釧兒說話襲人見把鶯兒不理

恐他不好意思又見鶯兒不肯坐便拉了鶯兒出来到那邊房裡去倒茶說話兒去了這里麝月等預備碗筯来伺候吃飯寶玉只顧不吃問玉釧兒道你母親身上好玉釧兒滿臉怒色正眼也不看他半日方說了個好字寶玉便覺沒趣半日又只得咲問道誰叫你替我送来的玉釧兒道不過是奶〻太〻們寶玉見他還是這樣苦

襲便知他是為金釧兒的原故待要心下
氣哄轉他又見人多不將下氣的因而變
盡方法將人都支出去然而(後)又陪笑問(長)道
短那玉釧兒先雖不欲只管見寶玉一些
性氣沒有憑他怎麼喪謗還是溫存和悅
自己倒不好意思了臉上方有了三分喜
色寶玉便咲求他好姐姐你把那湯端来
我嚐嚐玉釧兒道我從不會喂人東西等

他們来了再吃寶玉咲道我不是要喂我
因為走不動你遞給我吃了你好趕早兒
回去交待了你好吃飯去只管躭悞時辰
你豈不餓壞了你要懶待動我少不得忍
了疼下去取来就看便要下床来扎掙起来
禁不住噯喲之聲玉釧兒見了這般忍耐
不住便起身說道淌下罷那世裡造了業
的這會了現世現報教我那一個眼睛看

淂上一面说一面嗍的又咲了端過湯来寳玉咲道好姐〻你要生氣只管在這里生罷回去見了老太〻太〻可放和氣些若還這樣你就又挨罵了玉釧兒道吃罷吃罷不用和我甜嘴蜜舌的我可不信這些説着推寳玉喝了兩口湯寳玉故意説不好吃不好吃玉釧兒道阿彌陀佛這還不好吃什麽好吃呢寳玉道一点味兒也

没有你不信嚐一嚐就知道了玉釧兒果真
賭氣嚐一嚐寶玉㗒道這可好吃了玉釧
聽說方解過意来原是寶玉哄他吃一口
便說道你既說不好吃這會子說好吃也不
給你吃了寶玉只管陪㗒央求要吃玉釧
兒又不給一面又叫人来打發吃飯了頭
們方進来時忽有人来回說傅爺家的兩
個媽〻来請安来見二爺寶玉聽說便知

是通判傅試家的嬷〻来了那傅試原是
賈政的门生年来都賴賈家的名勢得意
賈政也着寔看顧他与别個门生不同他
那里常遣婦人来走動然寳玉素昔是最
厭勇蠢婦人的今日却如何又命這两個
婆子進来其中原来有個緣故只因那寳
玉闻得傅試有個妹子名喚傅秋芳也是
个瓊闺秀玉常闻人傳説才貌俱全雖未

親睹然遐思羨愛之心十分誠敬不命他
們進來恐落了傅秋芳因此連忙命讓進
來那傅試原是暴發的因傅秋芳有幾分
姿色聰敏過人那傅試倚仗著妹々要與
豪門貴族結姻不肯輕意許人所以躭悞
到如今 目今傅秋芳已廿三歲尚未許人
爭奈那些豪門貴族又嫌他窮酸根基淺
薄不肯求配那傅試與賈家親密也自有

一段心事今日遣来的兩個婆子偏是極
無知識的聞得寶玉要見進来只剛問了
好說了没兩句話那玉釧兒見生人来了
也不和寶玉厮鬧了端着湯只顧聽話寶玉
又只顧和婆子說話一面吃飯伸手去要
湯兩個人的眼睛都看着人不想伸猛了
手便將碗撞落將湯潑了寶玉手上玉釧
見到不曾燙着嚇了一跳忙笑道這是怎

麼了慌的衆丫鬟們忙上来接碗寶玉自
已燙了手到不覺的都只管問玉釧兒燙
了那里了疼不疼玉釧兒和衆人都咲了
玉釧兒道你自已燙了你只管問我寶玉
聽說方覺自已燙了衆人上来連忙收拾
寶玉也不吃飯了洗手吃茶又和那兩個
婆子說了兩句話然後兩個婆子告辭出去晴
雯等送至墻邊方回那兩個婆子見沒人

了一行走一行談論這一个咲道怪道有人說他們家寶玉是外像好裡頭糊塗中看不中吃的果然竟有些獃氣他自已燙了手倒問人疼不疼這可不是個獃子那一個又咲道我前一回来聽見他家裡許多人抱怨千真萬真有些獃氣大雨淋的水雞是的他反告訴人下雨了快避雨去罷你說可咲不可咲時常沒人在跟前就

自哭自咲的看見燕子就和燕子說話河裡有魚就合魚說話見了星星月亮不是長吁短嘆的就是咕咕噥噥的且連一點兒剛性也沒有連那些毛丫頭的氣都受愛惜東西連個線頭都是好的遭塌起來那怕值千值萬的都不管了兩個人一面說一面走出園來辭別諸人回去不在話下如今且說襲人見人去了便攜了鶯兒

過来问寶玉打什麽絡子寶玉咲向鶯兒道纔只顧说话就忌了煩你来不為别的煩你替我打幾根絡子鶯兒道裝什麽的絡子寶玉見问便咲道不管裝什麽的你都每樣打幾根罷鶯兒拍手笑道這還了得要這樣十年也打不完了寶玉笑道好姐〻你閒着也沒事都替我打了罷襲人咲道那里一時都打的呢如今先揀要緊的打幾根

罷鶯兒道什麽要緊不過是扇子香墜汗巾子寶玉道汗巾子就好鶯兒道汗巾子什庅顏色的寶玉道大紅的鶯兒道大紅的須是黑絡子纔好看或是石青的纔壓得住顏色寶玉道松花色配什庅顏色鶯兒道松花配桃紅寶玉道這纔嬌艷再要雅淡之中帶些嬌艷鶯兒道葱緑柳黄是我最愛的寶玉道也罷了打一條桃紅的

再打一條柳絲的鶯兒道什麼花樣呢寶玉道共有幾樣花樣鶯兒道一炷香朝天撜象眼块兒方勝連環梅花柳葉寶玉道前兒你給三姑娘打的那花樣是什麼鶯兒道那是攢心梅花寶玉道就是那樣的就好一面說一面襲人剛拏了湯来窗外婆子們說姑娘們的飯有了寶玉道你們快吃了来襲人笑道有客在這裡我們怎

好去呢鶯兒一面接絲一面咲道這話又打那里說起正經快吃了來襲人等聽說方去了只留下兩個小丫頭聽呼喚一面看鶯兒打絡子一面說閒話因問他十幾歲了鶯兒手裡打着一面荅話十六歲了寶玉道你本姓什麽鶯兒道姓黃寶玉咲道這個姓名倒對了果然是个黃鶯兒鶯兒咲道我的名字本來是兩個字原叫

做金鶯兒姑娘爊拗口就单叫鶯兒如今就叫開了寶玉道寶玉〔姐〻〕道也就算疼你了明兒寶姐〻出閣少不的是你跟去了鶯兒抿嘴一笑寶玉笑道我常和襲人説明日不知那一个有福的〔消〕受你們主子奴才兩个呢鶯兒笑道你還不知道我們姑娘有好幾樣世人都沒有的好處呢模樣兒還在次寶玉見鶯兒嬌憨婉轉語笑如痴

早不勝其情那更又提起寶釵来便问他
道好姿在那里好姐〻你细〻的告诉我
鶯兒咲道告訴你〻可不可又告訴他去
寶玉咲道這个自然的正説着只聽外頭
説道怎庅這樣静悄〻的二人回頭看时
不是别人正是寶釵来了寶玉忙讓坐寶
釵坐了因问鶯兒打了什麼一面向他手
裡去瞧才打了半截寶釵咲道這有什庅

趣兒到不如打个絡子把玉絡上呢一句話提醒了寶玉便拍手笑道到是姐〻說的是我就忘了只是配个什麼顔色才好寶釵道若用雜色斷然是不好的大紅的又犯了色黄色又不起眼黑的又過暗等我想个法兒把那金線拿来配着黑珠兒線一根一根的拈上打成絡子這才好看寶玉聽說喜之不盡一疊連聲便叫襲人

来取金線正值襲人端了兩碗菜走進来告訴寶玉道今兒奇怪剛才太〻打發人給我送了兩碗菜来寶玉咲道必定是今兒菜多送来給你們大家吃的襲人道不是〻指名給我送来還不叫我過去磕頭這可奇怪寶玉咲道給你的你就去吃去這有什麽猜疑的襲人咲道從来沒有的事倒叫我不好意思的寶釵抿嘴一笑說

道這就不好意思了明兒還有比這个更叫你不好意思的呢襲人聽了話內有因素知寶釵不是輕嘴刻舌奚落人的自己方想起上日王夫人的意思来便不再提將菜与寶玉看了說洗了手来拿線說畢便一直出去了吃過飯洗了手進来拿金線與鶯兒打絡子此時寶釵早被薛蟠遣人請出去了這裡寶玉正看着打絡子忽

見邢夫人那邊遣了兩个丫嬛送了兩樣
果子來與他吃問他可走得了若是走得
動叫哥兒明兒過去散〻心太〻着實記
掛着呢寶玉忙道若走得了必定請大太〻
的安去爽的比先好些請太〻放心罷一
面叫他兩個坐下一面又叫秋紋來把纔
那果子拿一半与林姑娘送去秋紋答應
了剛欲去時聽得黛玉在院內說話寶玉

忙叫快请要知端的下回分解

石頭記第三十六回

綉鴛鴦夢兆絳芸軒
識分定情悟梨香院

話說賈母自王夫人處回来見寶玉一日好似一日心中自是歡喜因怕將来賈政又叫他遂命人將賈政的親隨小厮頭兒喚来吩咐他已後倘有會人待客諸樣的事你老爺要叫寶玉你不用上来傳話就

回他說我說了一則打重了得着實將養
幾個月纔走得二則他的星宿不利祭了
星不見外人過了八月後許出二门那小
廝頭兒聽了領命而出賈母又命李嬷嬷
襲人等来將此話說與寶玉使他放心那
寶玉素日本就懶与士大夫諸男人接談
又最厭峨冠禮服賀吊往還等事今日得
了這句話越發得了意不但將親戚朋友

一概杜絶了而且連家庭中晨昏定省亦
發隨他的便了日〻只在園中遊卧不過
每日一清早到賈母王夫人處走〻就回
来了却每〻甘心爲諸丫鬟充役竟也得
十分消閑日月或如寶釵輩有時見機導
勸反生起氣来只説好〻的一个清淨潔
白女兒也學的釣名沽譽入了國賊禄鬼
之流這捴是前人無故生事立言竪辭原

為導後世的鬚眉濁物不想我生不幸亦且瓊閨繡閣中亦染此風真真有負天地毓秀鍾靈之德因此禍延古人除四書外竟將別的書焚了眾人見他如此瘋顛也都不向他說這些正經話了獨有林黛玉自幼不曾勸他去立身揚名等話所以深敬黛玉閒言少述如今且說王鳳姐自見金釧兒死後忽見幾家僕人常來孝敬他

些東西又不時的來請安奉承他自己倒
生了疑惑不知何意這日又見人來孝敬
他東西因晚間無人時咲問平兒道這幾
家人不大管我的事為什麼忽然這麼和
我貼近了平兒冷笑道奶奶連這个都想
不起來了我猜他們的女兒都必是太太
房裡的丫頭如今太太房裡有四个大的
一個月一兩銀子的分例下剩的都是一

個月只幾百錢如今金釧兒死了必定他們要弄這一兩銀子的巧宗兒呢鳳姐兒聽了笑道是了〻〻倒是你提醒了我看這起人也不識足錢也賺勾了苦事情又侵不著弄了丫頭搪塞著身子也就罷了他們幾家的錢容易也不能花到我跟前這是他們自尋的送什麽我就收什麽横豎我有主意鳳姐安下這个心所以自管

還延着等那些把東西送足了然後棄空
方回王夫人這日午間薛姨媽母女兩個
與林黛玉等正在王夫人房裡大家吃西
瓜鳳姐等得便回王夫人道自從玉釧児姐
姐死了太〻跟前少着一個人太〻或看
准了那個丫頭好就吩咐了下月好發放
月錢王夫人聽了想一想道依我說什麽
是例必定四個五個的彀使就罷了竟可

以免了罷鳳姐兒咲道論理太〻說的也是只是這原是舊例別人屋裡還有兩個呢太〻倒不按例了況且省下一兩銀子也有限王夫人聽了又想一想道也罷還個分例只管關了來不用補人就把這一兩銀子給他妹〻玉釧兒罷他姐〻伏侍了我一塲没个好結果剩下他妹〻跟我吃个雙分子不爲過餘鳳姐荅應着回頭

找玉釧兒咲道大喜〻〻玉釧兒過來磕
了頭王夫人又問道正要問你如今趙姨
娘周姨娘的月例多少鳳姐兒道那是定
例每人二兩趙姨娘有環兄弟的二兩共
是四兩王夫人道月〻可都按數給他們
鳳姐見問的奇忙道怎麽不按數給王夫
人道前兒我恍惚聽見有怨說短給一分了弔的
是什麽原故鳳姐忙笑道姨娘們的丫頭

月例原是人各一吊錢從舊年他們外頭
商議的姨娘們每位丫頭分例減半人各
五百錢每位兩個丫頭所以短了一吊錢
這也報怨不得我倒樂得給呢他們外頭
又扣着難道我添上不成這個事我不過
是接手兒怎麽來怎麽去由不得我作主
我倒說了兩三回仍舊添上這兩分的為
是他們說只有這個項數叫我也難再說

了如今我手里每月連日子都不錯給他們呢先時在外頭𨳍那个月不打飢荒何曾順々溜々的過一遭兒王夫人聽說也就罷了半日又問老太々屋裡幾個一兩的鳳姐兒道八個如今只有七個那一个是襲人王夫人道這就是了你寶兄弟也沒有一兩的丫頭襲人還算是老太々房裡的人鳳姐兒笑道襲人原是老太々的人

不過給了寶兄弟他這一兩銀子還在老
太〻的了頭分例上領如今說因為這襲
人是寶玉的人裁了這一兩銀子斷乎使
不得若說再添一個人給老太〻這個還
可以裁他的若不裁他的須得環兄弟屋
裡也添上一個纔公道就是晴雯麝月等
七個大了頭每月人各月錢一吊佳蕙等
八個小了頭每月人各錢五百還是老太〻

的话别人如何惱得氣得呢薛姨媽咲道
你们只聽凤丫頭的嘴到像倒了核挑車
的只聽他的賬也清楚理也公道凤姐兒
咲道嬇（姑）媽難道我説錯了不成薛姨媽咲
道説的何嘗錯只是你慢些説豈不省力
凤姐纔要咲忙又忍住了聽王夫人示下
王夫人想了半日向凤姐兒道明兒挑一
個好丫頭送去老太〻使補襲人把襲人

的一分裁了把我每月的月例二十兩銀子裡拿出二兩銀子一吊錢來給襲人已後凡事有趙姨娘周姨娘的也有襲人的只是襲人的這一分都從我的分例上匀出來不必動官中的就是了鳳姐一一答應了咲推薛姨媽道姑媽聽見了我素日說的話如何今日果然應了我的話薛姨媽道早就該如此模樣兒自然不用說的

他的那一種行事大方說話兒和氣裡頭帶著剛硬要强這個實在難得王夫人含淚說道你們那里知道襲人那孩子的好處比我的寶玉强十倍寶玉果然有造化的能彀得他長々遠々的服侍一輩子也就罷了鳳姐道既這麽樣就開了臉明放他在屋裡豈不好王夫人道這就不好了一則都年輕二則老爺也不許三則那

寶玉見襲人是個了頭縱有放縱的事到能聽他的勸如今作了跟前人那襲人該勸的也不敢十分勸了如今且渾著等再過二三年再說〻畢半日鳳姐見無話便轉身出來剛至簷前只見有幾個執事的媳婦子正等他回事呢見他出來都咲道奶〻今兒回什麼事說了這半天可是要熱著了鳳姐把袖子挽了幾挽跐著角

门的门槛子咲道這裡過堂風到凉快吹一吹再走又告訴衆人道你們説我回了這半日的話太〻把二百年的事都想起来問我難道我不説罷又冷笑道我從今已後到要幹幾樣尅薄事了報怨給太〻聽我也不怕糊塗的油蒙了心爛了舌頭不淂好死的下作東西們别作娘的春夢了明兒一裹腦子扣的日子還有呢如今

纔扣了丫頭的錢就報怨了咱們也不想一想是什麽傲物也配使兩三個丫頭一面罵一面方走了自去挑人回賈母話去不在話下卻説王夫人等這裡吃畢西瓜又説了一會閒話各自方散去寶釵與黛玉等回至園中寶釵因約黛玉往藕香榭去黛玉因説立刻要洗澡便各自散了寶釵獨自行來順路進了怡紅院意欲尋

寶玉去間談以解午倦、不想一入院来鴉雀無聞○一並連兩隻仙鶴在芭○蕉○下○都○睡○

好○景○寫○的○到○家○

著了○寶釵便順著游廊来至房中○只見外間床上○橫三豎四○都是丫頭們睡著○轉過十槅槅子○来至寶玉的房內○見寶玉在床上睡著了○襲人坐在身傍手里做針綫傍

此處渲神理○極○若有以跟○前

邊放著一柄白犀拂塵○寶釵走近前来○悄

八自居之莊

寶釵之有這等輕薄語

悄的笑道你也過于小心了○這個屋裡那

里還有蒼蠅蚊子。還拿蠅帚子趕什麼。

人。不防。（不防妙静〻之極處故心务有亦在意）猛抬頭見是寶釵忙放下針線起

身。悄〻笑道姑娘来了。我到不防嚇了一

跳。姑娘不知道。雖然沒有蒼蠅蚊子。誰知

有。一。種。小。蟲。子從這。紗眼裡。鑽。進。来。人也。

看。不。見。只睡。着。咬。一口。就像。螞。蟻。丁。的。寶

釵道。怨不得。這屋子後頭。又近水。又都是香

花兒。這屋子裡頭又香。這種蟲子都是花

心里長的○聞香就撲○說着一面又瞧他手
里的針綫○原来是個白綾紅裡的兜〻○上
面扎着鴛鴦戲蓮的花樣紅蓮綠葉五色
鴛鴦戲蓮的花寶釵道噯喲好鮮亮活計
這是誰的也值的費這麼大工夫襲人向
床上努嘴兒寶釵咲道這麼大了還帶這
个襲人咲道他原是不肯帶所以特〻的
做的好了呌他看見由不的不帶如今天

熱睡覺都不留神哄他帶上了便是夜里總蓋不嚴些兒也就不妨了你說這一個就用了工夫了還沒看見他身上現帶的一个呢寶釵咲道也虧你奈煩兒襲人道今兒做的工夫大了脖子低的怪酸的又咲道好姑娘你畧坐一坐我出去走〻就来說着便走了寶釵只顧看着活計便不留心一蹲身剛〻的也坐在襲人方纔坐

的那个所在因又見那活計寔在可愛不由的拿起針来替他做起来不想林黛玉因遇見史湘云约他与襲人道喜二人来至院中見靜悄悄的湘雲便轉身先到廂房里去找襲人林黛玉却来至窗外隔著紗窗往裡一看只見寶玉穿著銀紅紗衫子随便睡著在牀上寶釵坐在身旁作針綫傍邊放著蠅拂子林黛玉見了這个景

况連忙把身子一藏手握着嘴不敢笑出
来招手兒叫湘雲〻〻一見他這般光景
只當有什麽新聞忙也来看也要笑時忽
然想起寶釵素日待他厚道便忙掩住口
知道林黛玉口里不讓人怕他取笑便忙
拉過他来道走罷我想起襲人来他說午
間要到池子裡洗衣裳想必去了咱們那
里找他去林黛玉心下明白冷笑了兩聲

只得隨他走了這里寶釵只剛做了兩三個花瓣兒忽見寶玉在夢裡喊罵說和尚道士的話如何信得什麼是金玉姻緣我偏說是木石姻緣寶釵聽了這話不覺怔了忽見襲人走進來咲道還沒有醒呢寶釵搖頭襲人又咲道我纔碰見林姑娘史大姑娘他們可有進來的寶釵道沒見他們進來因向襲人咲道他們沒有告訴你

什麼說襲人咲道左不過是他們那些頑
話有什麼正経話的寶釵咲道今兒他們
說的可不是頑話我正要告訴你呢你又
忙〻的出了去一句話未說完只見鳳姐
兒打發人来叫襲人寶釵咲道就是為那
話了襲人只得喚起兩个丫頭来一同寶
釵出怡紅院自往鳳姐兒這里来果然是
告訴他這話又教他与王夫人叩頭去且

不必見賈母去到把襲人不好意思的見
過王夫人急忙回来寳玉已醒了問起原
故襲人且含糊荅應至夜間人静襲人方
告訴了寳玉〻〻喜不自禁又向他咲道
我可看你回家去不去了那一回往家里
走了一淌回来就説你哥〻要贖你又説
在這里没着落終久算什麽説了那麽些
無情無義的生分話嚇我從今已後我〻可

看誰來敢呌你去襲人聽了便冷笑道你倒别這麼說從此已後我是太〻的人了我要走連你也不必告訴只回了太〻就走寳玉咲道就便筭我不好你回了太〻竟去教别人聽見說我不好你去了你也沒意思襲人咲道有什麼沒意思難道做了强盜賊我也跟着罷再不然還有一个死呢人活一百歲橫竪要死這一口氣不

在聽不見看不見就罷了寶玉聽見這話
便忙撫他的嘴說道罷罷不用說這些
話了襲人深知寶玉情性古怪聽見奉承
吉利話又厭虛而不寔聽見這些盡頭寔
話又生悲感便悔自己說冒撞了連忙咲
着用話截開只揀那寶玉素喜說談問之
先問他春風秋月再談及粉淡脂濃然而
談到女兒如何好不覺又談到女兒死就

人忙掩住口寳玉談至濃快时見他不說
了便咲道人誰不死只要死的好那些个
鬚眉濁物只知道文死諫武死戰這二死
是大丈夫死名死节究竟何如不死的好
必定有昏君他方諫他只顧他邀名猛拚
一死將來棄君於何地必定有刀兵他方
戰猛拚一死他只顧圖汗馬之名將來棄
國於何地所以這皆非正死襲人道忠臣

良將皆出於不淂已他纔死寳玉道那武
將不過仗血氣之勇踈謀少略他自已無
能送了性命這難道也是不淂已那文官
更不比武官了他念兩句書記在心裡若
朝廷少有瑕疵他就胡談亂勸只顧他邀
忠烈之名濁氣一湧即時拚死這難道也
是不淂已還要知道那朝廷是受命於天
他不聖不仁那天也斷斷不把這萬幾重

任与他了可知那些死的都是沽名並不
知大義比如我此時若果有造化死於時
的如今趁你们在我就死了再能彀你们
哭我的眼淚流成大河把我的尸首漂起
来送到那鴉鵲不到的幽僻之處隨風化
了自此再不要托生為人就是我死的得
時了襲人忽見说出這些瘋话来忙说困
了不理他那寶玉方合眼睡着至次日也

就丢開了一日寶玉因各處游的膩煩了便想起牡丹亭曲来自已看了兩遍猶不愜懷因聞得梨香院的十二个女孩子中有小旦齡官最是唱的好因着意出角门来找時只見寶官玉官都在院内見寶玉来了都咲讓坐寶玉问齡官在那里衆人都告訴他説在他房裡呢寶玉到他房内只見齡官在那里獨自倒在枕上見他進

来文風不動寳玉素習与别的女孩子頑慣了的只當齡官也同别人一樣因進前来身旁坐下又陪笑央他起来唱裊晴絲一套不想齡官見他坐下忙抬身起来躲避正色説道嗓子啞了前兒娘娘傳進我們去我還沒唱呢寳玉見他坐正了再一細看原来就是那日薔薇花下畫薔字的那个人又見如此光景況從来未經過這

番被人厭棄自己便訕訕的紅了臉只得出来了寶官等不解何故因問其所以寶玉便説了出来寶官便説道只略等一等薔二爺来了他叫他唱是必唱的寶玉聽了心下納悶因問薔哥那去了寶官道纔出去了一定還是齡官要什麼他去變弄去了寶玉聽了已為奇特少站片时果見賈薔從外頭来了手裡提著个雀兒籠子

上面托著小戲臺並一个雀兒興頭〻往裡走找齡官見了寶玉只得站住寶玉問他是个什麽雀兒會啣旗串戲臺賈薔笑道是个亮翅趐格桐寶玉道多少錢買的賈薔道一兩八錢銀子一面說一面讓寶玉坐自已往齡官房裡來寶玉此刻把聽曲子的心都沒了且要看他和齡官是怎樣只見賈薔進去笑道你起來瞧這个頑意

兒齡官起身問是什麼賈薔道買了个雀
兒你頑省淂天〻悶〻的無个開心的我
先頑个你看說着便拿些穀子哄的那个
雀兒果然在戲臺上乱串啣鬼臉弄旗幟
衆女孩子都咲道有趣獨齡官冷咲了兩
聲賭氣仍睡着去了賈薔還只管陪咲問
他好不好齡官道你們家把好〻的人弄
来關在這牢坑里學這个牢什子還不咲

你這會子又弄个雀兒来也偏生幹這个
你分明是弄了他来打趣形容我們還問
我好不好賈薔聽了不覺慌起来連忙賭
身立誓又道今兒我那里的脂油蒙了心
費一二兩銀子買他来原說解悶就没有
想到這上頭罷〻放了生免〻你的災病
說着果然將那雀兒放了一頓把將籠子
拆了齡官還說那雀兒雖不如人你拿了

他来丢這牢什子也忍得今兒我咳嗽出兩口血来太太打發人来找你叫你請大夫来細問問你且丢這个来取咲偏生找這沒人理的又偏病賈薔聽說連忙說道昨晚上我問了大夫他說不相干他說吃兩劑藥後兒再瞧誰知今兒又吐了這會子請他去說着便去齡官又叫站住這會子大毒日頭地下你賭氣子去請了来我

也不瞧賈薔聽如此說只得又站住寶玉
見了這般光景不覺痴了這纔領會了畫
薔深意自已站不住便抽身走了賈薔一
心都在齡官身上也不顧送到是别的女
孩兒送了出来那寶玉一心裁奪盤算痴
痴的回至怡紅院中正值林黛玉和襲人
坐着說話兒呢寶玉一進来就和襲人長
歎道我昨兒晚上的話竟說錯了怪道老

爺說我是管窺蠡測昨夜說你們的眼淚單還我這就錯了我竟不能全得了從此後只是各人得各人的眼淚罷了昨夜不過是些頑話已經忘了不想寶玉今又提起來便咲道你可真真有些瘋了寶玉默默不對自此深悟人生情緣各有分定只是每每暗傷不知將來葬我洒淚者為誰此皆寶玉心中所懷也不可十分妄擬

且說林黛玉當下見了寶玉如此形像便知是又從那里著了魔来了不便多問因向他說道我纔在舅母跟前听見說明兒是薛姨媽的生日叫我順便来問你出去不出去你打發人前頭說一𣸪去寶玉道上回連大老爺的生日我也沒去這會我又去倘硼見了人呢我一概都不去這麽怪熱的又穿衣裳我不去姨媽也未必惱

我襲人忙道這是什麼話他比不得大老爺這里又住的近又是親戚你不去豈不叫他思量你怕熱只清早起到那里磕个頭吃鍾茶再来豈不好看寶玉未説話黛玉便先笑道你看人家赶蚊子的分上也該去走走寶玉不解忙問起什麼赶蚊子襲人便將昨日睡覺無人作伴寶姑娘坐了一坐的話説了出来寶玉聽了忙説不

該我怎麽聽着了就藪瀆了他一面又說
明日必去正說着忽見史湘雲穿的齊〻
整〻走来辭說家裡打發人来接他寶玉
林黛玉聽說忙站起来讓坐史湘雲也不
坐寶玉黛玉兩個送他至前面那史湘雲
只是眼淚汪〻的見有他家人在跟前又
不敢十分委曲少時薛寶釵趕来愈覺繾
綣難捨還是寶釵心內明白他家人若回

去告訴了他嬸娘們待他家去又恐他受
氣因此到催他走了衆人送至二门前寶
玉還要往外送到是史湘雲攔住了一時
回身又叫寶玉到跟前悄悄的囑道便是
老太太想不起我来你時常提著打發人
接我去寶玉連連答應了眼看他上車去
了大家方纔進来要知端的且聽下回分
解

石頭記第三十七回

秋爽齋偶結海棠社

蘅蕪苑夜擬菊花題

却說寶玉每日在園中任意縱橫蕩真把光陰虛度歲月空添這日正無聊之際寶玉見翠墨進来手裡拿着一付對子（花箋）送与他寶玉因道可是我忘了幾說要瞧〻三妹〻去可好些了你偏来了翠墨道姑

狠好了今兒也不吃藥了不過是涼著了
一點兒寶玉聽說便展開花箋看時上寫
道是　娣探謹奉
二兄文几前夕新霽月色如洗因惜清
景難逢詎忍就臥時漏已三轉猶徘徊
于桐檻之下未防風露所欺致獲採薪
之患昨蒙親勞撫囑又復數遣侍兒問
切兼以鮮荔並真卿墨蹟見賜何痌瘝

惠愛之深耶今因伏几凴床處黙之時忽思歴来古人處名攻利敵之場猶置一些山滴水之區遠招近揖扳轄攀轅務結二三同志者盤桓於其中或豎辭壇或開吟社雖一時之偶興遂成千古之佳談娣雖不才竊同切棲處于泉石之間而無慕薜林之技風庭月榭惜未聽集詩人席杏溪桃或可醉飛吟盞孰

謂蓮社之雄猶許鬚眉直以東山之雅
會讓予脂粉若蒙棹雪而来娣則掃花
以待特此謹奉
寶玉看了不覺喜的拍手咲道到是三妹
妹高雅我如今就去商議一面說一面就
走翠墨跟在後面剛到了沁芳亭只見園
中後门上值日的婆子手里拿着一個字
帖走来見了寶玉便迎上去口裡說道芸

哥兒請安在後门口等着呢叫我送来的
寶玉打開看時寫道是
父親大人萬福金安　男思自蒙天恩認
于膝下日夜思一孝順竟無可孝順之
處前因買辦花艸上托大人金福竟認
得許多花兒匠並認得許多名園前因
忽見有白海棠一種不可多得故變盡
方法只弄得兩盆大人若視男是親男

一般便留下賞玩因天氣暑熱恐園中
姑娘們不便故不敢面見奉書恭啟並
叩台安 男芸兒跪書一笑
寶玉看了笑問道獨他来了還有什庅人
婆子道還有兩盆花兒寶玉道你出去說
我知道了難為他想著你把花兒送到我
屋裡去 就是了 一面說一面同翠墨往秋
爽齋来只見寶釵黛玉迎春惜春已都在

那里了衆人見他進來都咲説道又來了
一個探春咲道我不筭俗偶然起了個念頭
寫了幾個帖兒試一試誰知一招皆到寶
玉咲道可惜遲了早該起個社的黛玉説
道你们只管起社可别筭我我是不敢的
迎春咲道你不敢誰還敢呢寶玉道這是
一件正經大事大家鼓舞起來不要你推
我讓的各有主意自管説出來大家平章

寶姐姐也出個主意林妹妹也說個法兒寶釵道你忙什麽人還不全呢一語未了李紈進门咲道雅的緊要起詩社我自薦我掌壇前兒春天我原有這个意思的我想了一想我又不會作詩瞎乱些什麽因而也就忘了就沒說得既是三妹妹高興我就帮你作興起来黛玉道既然定要起詩社偺們都是詩翁了先把這些姐妹叔嫂的

字樣改了纔不俗李紈道極是何不大家起個別號彼此稱呼到雅我是定了稱稻香老農再無人占的探春咲道我就是秋爽居士寶玉道居士主人到底不恰且又癢贅這里梧桐芭蕉儘有或指桐蕉起個到好探春咲道有了我最喜芭蕉就稱蕉下客罷衆人都道別致有趣黛玉咲道你们快牽了他去炖了脯来吃酒衆人不解黛

玉咲道你们不知古人曾云蕉葉覆鹿他自稱蕉下客可不是一隻鹿了快作了鹿脯来衆人听了都咲起来探春因咲道你別忙使巧話的罵人我已替你想了個極當的美號了又向衆人道當日娥皇女英洒泪在竹上成斑故今斑竹又名湘妃竹如今他住的是瀟湘館他又愛哭將来那些竹子想来也是要變成斑竹的以後都叫

他作瀟湘妃子就完了大家听説都拍手叫妙林黛玉低頭方不言語李紈咲道我替薛大妹〻也早已想了個好的也只三个字惜春迎春都忙問是什麼李紈道我是封他為蘅蕪君了不知你們如何探春道這個封號極好寶玉道我呢你們也替我想一個寶釵咲道你的號早有了無事忙恰當的狠(妙)李紈道你還是你的舊號絳

洞花王就好寶玉咲道小時候幹的營生還提他作什庅探春道你的號多的狠又起什庅我们愛叫你什庅你就答應着就是了寶釵道還得我送你個號罷有最俗的一個號却于你最當天下難得的是富貴又難得的是閑散這兩樣再不能兼有不想你兼有了就叫你富貴閑人也罷了寶玉咲道當不起當不起到是隨你们混

吽去罷李紈道二姑娘四姑娘起個什庅
迎春道我們又不大會詩白起個號做什
庅探春道雖如此也起個纔是寶玉道他
住的是紫菱洲就吽他菱洲四丫頭在藕
香榭就吽他藕榭就完了李紈道就是這
樣好但序齒我大你們都要依我的主意
管情說了大家合議我們七個人起社我
和二姑娘四姑娘都不會作詩須得讓出

我们三個人去我们三個各、分一件事探春
咲道已有了號還只管這樣稱、呼不如不
有了已後錯了也要立個罰約纔好、李紈
道立定了社再定罰約我那里地方大竟、
在我那里作社我雖不能作詩這些詩人
竟不厭俗客我作個東道主人我自然也
清雅起来、了于是要雅我作社長自然不
彀必要再請兩位副社掌就請菱洲藕榭

二位學究來一位出題限韵一位謄録監場亦不可拘定了我們三個不作若遇見容易些的題我們也隨便作一首你們四個却是要限定的若如此便起若不依我我也不敢附驥了迎春惜春本性懶于詩詞又有薛林在前聽了這說便深合己意二人皆說極是探春等也知此意見他二人說服也不好强只得依了因說道這話

也罷了只是自想好笑好〻的我起了個
主意反叫你們三個管起我來了寶玉道
既這樣僧們就往稻香村去李紈道都是
你忙今日不過商議了等我再請寶釵道
也要議定幾日一會纔好探春道若只管
會的多了又没趣了一月之中只可兩三
次纔好寶釵點頭道一月只要兩次就彀
了擬定日期風雨無阻除這兩日外倘有

高興的他情願加一社的或請到他那裡
去或附就了来亦可使得豈不活潑有趣
衆人都道這個主意更好探春道只是原
係我起的意我須得先作個東道主人方
不負我這興李紈道既這樣說明日你就
先開一社如何探春道明日不如今日就
是此刻好你就出題菱洲限韵藕榭監場
迎春道依我說也不必隨一人出題限韵

竟是拈鬮的公道李紈道方纔我来时看
見他們抬進兩盆白海棠来到是好花你
们何不就咏起他来迎春道都還未賞先
到作詩寶釵道不過是白海棠又何必定
要見了纔作古人的詩賦也不過都是寄
興寫情耳若都等見了纔作如今也没有
這些詩了迎春道就如此待我限韵說着
走到書架前抽出一本詩来隨手一揭這

首詩竟是一首七言律遞与衆人看了都
該作七言律迎春掩了詩又向一個小丫
頭道你隨口說一個字來那丫頭正倚著
门立著便說了個门字迎春咲道就是门
字韵十三元了題頭一个韵定要這门字說
著又要了韵牌匣子過来抽出十三元一
屉又命那小丫頭隨手拿四塊那丫頭便
拿了盆魂痕昏四塊来寶玉道這盆门兩

字不大好作呢待書一樣預備下四分紙
筆便都悄然各自思索起来獨黛玉或撫
弄梧桐或看秋色或和丫鬟們嘲笑迎春
又命丫鬟炷了一支夢甜香只有三寸来
長有燈草粗細以其易燼故以此燼為限
如香燼未成便要受罰一時探春便先有
了自提筆寫出又改抹了一回遞與迎春
因問寶釵蘅蕪君你可有了寶釵道有却

有了只是不好寶玉背著手在迴廊上踱来踱去因向黛玉說道你聽他们都有了黛玉道你別管我寶玉又見寶釵已謄寫出来因說道了不得了香只剩了一寸了我纔看了四句又向黛玉道香快了只管蹲了那潮地下作什庅黛玉也不理寶玉道我可顧不得你了好歹也寫出来罷說著也走在案前寫了李纨道我们要看诗

了若看完了還不交卷是必罰的寶玉道稻香老農雖不善作卻善看又最公道你就評閱優劣我們都服的衆人都道自然于是先看探春的稿上寫道是

咏白海棠限门盆魂痕昏

斜陽寒草帶　苔翠盈鋪雨後盆玉是精神難比潔雪為膚骨易消魂芳心一點嬌無力倩影三更月有痕莫謂縞仙能羽

化多情伴我詠黄昏
大家看了稱贊一回又看寶釵的道
珍重芳姿晝掩门自攜手甕灌苔盆胭脂
洗出秋階影冰雪招來玉砌魂淡極始知
花更艷愁多焉得玉無痕欲償白帝憑清
潔不語婷〻日又昏
李紈咲道到是蘅蕪君說着又看寶玉的
道是

秋容淺淡映重门七節攢成雪滿盆出浴太真冰作影捧心西子玉為魂曉風不散愁千點宿雨還添淚一痕獨倚畫欄如有意清砧遠笛送黃昏

大家看了寶玉說探春的好李紈終要推寶釵道這首詩有身分因又催黛玉道（黛玉）你们都看了說著提筆一揮而就擲與眾人李紈等看他的寫道是

半捲湘簾半掩門 碾冰為土玉為盆
看了這句寶玉先喝起彩來只說從何處
想來又看下面道是
偷來梨蕊三分白 借得梅花一縷魂
眾人看了也都不禁叫好說果然比別人
又是一樣心腸又看下面道是
月窟僊人縫縞袂 秋閨怨女拭啼痕 嬌羞
默〻同誰訴 倦倚西風夜已昏

衆人看了都道是這首爲上李紈道著論
風流别致自是這首著論含蓄渾厚終讓
蘅稿探春道這評的有理瀟湘妃子當居
第二李紈道怡紅公子是壓尾你服不服
寶玉道我那首原不好這評的極公又笑
道只是湘蘅二首還要斟酌李紈道原是
依我評論不與你們相干再有多說者必
罰寶玉聽說只得罷了李紈道從此後我

定於每月初二十六這兩日開社出題限
韵都要依我這其間你們有高興的只管
另擇日子補開那怕一個月每天都開社
我只不管只是到了初二十六這兩日是
必往我那裡去寶玉道到底要起個社名
纔是探春道俗了又不好特新了刁鑽古
怪也不好可巧纔是海棠詩開端就叫個
海棠社罷雖然俗些因真有此事也就不

碍了說畢大家又商議了一回略用些酒
菓方各自散去也有回家的也有往賈母
王夫人處去的當下別人無話且說襲人
因見寶玉看了字帖兒便慌慌張張同翠
墨去了也不知何事後来又見後门上的
婆子送了兩盆海棠花来襲人問是那里
来的婆子们便將寶玉前一番原故說了
襲人聽說便命他们擺好讓他们在下房

裡坐了自已走到自已房內秤了六錢銀子封了又拿了三百錢走來都遞與那兩個婆子道這銀子賞那抬花來的小子们這錢你们打酒吃罷那婆子们跕起來眉開眼笑千恩萬謝的不肯受見襲人執意不收方領了襲人又道後门上外頭可有該班的小子们婆子忙應道天天有四個原預備裡頭差使的姑娘有什麼差使我

们吩咐去衆人咲道我有什庅差使今兒
寳二爺要打發人到小侯爺家與史大姑
娘送東西去可巧你们来了順便出去吽
後门上小子们僱輛車来回来你们就往
這裡拿錢不用吽他们又往前頭混碰去
婆子答應着去了衆人回至房中拿碟子
盛東西與史湘雲送去却見槅子上碟槽
空着因回頭見晴雯秋紋麝月等都在一

做針黹人问道這一個纏絲白瑪瑙碟
子那去了衆人見问都你看我我看你都想
不起半日晴雯咲道給三姑娘送荔枝去
了還沒送来呢襲人道家常送東西的傢
伙多巴巴的拿這个去晴雯道我何常不
也是這樣說他説這個碟子配上鮮荔枝
纔好看我送去三姑娘見了也説好看叫
連碟子放著就没拿来你再瞧那槅子儘

上頭的一對、連珠瓶還沒收来呢秋雯咲道提起這瓶来我、又想起咲話来了我們寶二爺說聲孝心一動、也孝敬到十二分因那日見園裡桂花開了折、了兩枝原是自己要插瓶的忽然想起来說這是自園子裡的開的新鮮花兒不敢自己先頑、巴巴的把那一對瓶拿下来親自灌、水插好了、叫个人拿着親身進一瓶與老太こ又進一瓶、與太太誰知他孝心一動連跟的人都得了福、可巧那日是我拿去的老太太見了這樣喜歡、無、可不可見人就說到底是寶玉孝順我連一、枝花兒也想的到別人還只報怨我疼他你們知道老太太素日不大同我說話的有些、不入他老人家的那日竟叫人拿幾百錢給我、我說我可怜見的生的單薄這可是再想不到的、福氣

幾百錢事小難得這個臉兒及至到了太
太那里太太正和二奶奶趙姨娘周姨娘
好些人翻箱子找太太當日年輕的顏色
衣裳不知要給那一个見了連衣裳也不
找了且看花兒又有二奶奶在旁邊湊趣
誇寶玉又是怎樣孝敬又是怎樣知好歹
有的沒的說了兩車話當着衆人太太自
為又增了光堵了衆人的嘴太太越發喜

歡了現成的衣裳就賞了我兩件衣裳也是小事年〻橫竪也得却不像這個彩頭晴雯咲道呸沒見世面的小蹄子那是把好的給了人挑剩下的纔給你〻還充有臉呢秋紋道憑他給誰剩的到底是太〻的恩典晴雯道要是我就不要若是給別人剩的給我也罷了一樣屋里的人難道誰又比誰高貴些把好的給他剩的給我

我寧可不要沖撞了太〻我也不受這口
軟氣秋紋忙問道給這屋裡誰的我爲前
兒病了幾天家去了不知給誰来着好姐〻
你告訴我知道〻〻晴雯道我告訴了你
難道你這會子退還太〻不成秋紋咲道
胡說我白聽〻喜歡〻〻那怕給這屋裡
狗剩下的我只領太〻的恩典也不管别
的事衆人聽了都咲道罵的巧可不是給

了那西洋花點子哈巴兒了衆人咲道你们這起爛了嘴的得了空兒就把人來取咲兒打牙兒一個〻不知怎麽死呢秋紋咲道原来是姐〻得了我實在不知道我陪個不是罷衆人咲道少輕狂罷你们誰取了碟子来是正經麝月道那瓶也該空了收来罷老太〻屋裡還罷了太〻屋裡人多手雜別人還可已趙姨奶〻那夥人

見是這屋裡的東西又該使黑心弄壞了
幾罷太々也不大管這些事不如早些收
来是正經晴雯聽説便擲下針道這話到
是等我取去秋紋道還是我取去罷你取
你的碟子去晴雯咲道我偏取這一遭兒
去是巧踪兒你們都得了難道不許我得
一遭兒麝月咲道通共秋丫頭得了一遭
兒衣裳那里今兒又巧你也遇見找衣裳

不成晴雯冷笑道雖然碰不見衣裳或老
太太看見我勤謹一個月也把太太的公
費裡分出二兩銀子来給我也定不得說
着又嘆道你們别和我裝神弄鬼的什麽
事我不知道一面說一面往外跑了秋紋
也同他出来自去探春那裡取了碟子来
襲人打點齊備東西去叫宋媽媽與史大姑娘送去那宋媽媽道姑娘
只管交給我有話說與我收什了就好一

順去襲人聽說便端過兩個小掐絲盒子来先揭開一個里面裝的是红菱和雞頭兩樣鮮菓子又揭那一個是一碟子桂花糖蒸的新栗粉糕又說道這都是今年偺們這里園子裡新結的菓子寶二爺叫送来与姑娘嚐嚐再前兒姑娘說這瑪瑙碟子好姑娘就留下頑罷這絹包兒裡頭是姑娘上次叫我作的活計姑娘別嫌粗糙

嚷着用罷替我们請安替二爺問好就是
了宋媽〻道寶二爺不知還有什麽説的
沒有姑娘再問〻去回來又别説忘了話
襲人因問秋紋道方纔可見在三姑娘那
里麽秋紋道他们都在那里商議起什麽
詩社呢又都作詩想來沒話你只去罷宋
媽〻聽了便拿了東西出去另外穿帶了
襲人又囑咐他從後門出去有小子和車

等着呢宋媽々去後不在話下一時寶玉回來先忙著看了一回海棠到房內告訴襲人起詩社的事襲人也把打發宋媽々與史湘雲送東西去的話告訴了寶玉寶玉聽了拍手道偏忘了他我自覺心裡有件事只是想不起來虧你提起來正要請他去這詩社裡若少了他還有什麽意思襲人勸道什麽要緊不過是頑意兒他比

不得你们自在家里又作不得主兒告訴他〻要来又由不得他不来他又牽腸掛肚的沒的叫他不受用寶玉道不妨事我回老太〻打發人接他去正說著宋媽〻已經回来回覆道姑娘說道生受與花姑娘道乏又說問二爺作什麽呢我說和姑娘們起什麽詩社作詩呢史大姑娘說他們做詩也不告訴他去也急的了不得寶

玉聽説，立身便往賈母處来，立逼著呌人接去。賈母説道：“今兒天晚了，明日一早再接去罷。”寶玉只得罷了，回来悶悶的。次日一早便又往賈母處来，立逼著人接去。直到午後史湘雲纔来了，寶玉方放了心。見面時，就把始末原由告訴他，又要與他看。李紈等因説道：“且别給他看，先説与他韻。他後来的，先罰他和了詩，若好，便請入社若不好還要罰他一個東道再說湘雲笑道你們忘了請我〻還要罰你們呢就拿韻來我雖不能只得勉强出醜容我入社掃地焚香我也情願衆人見他這般有趣越發歡喜都埋怨昨日怎麼忘了他遂忙告訴他韻史湘雲一心興頭等不得推敲删改一面只管和人說話心内早已和成即用隨便紙筆録出先笑說道我却依韻

和了兩首好歹我卻不知不過應命而已說著還与衆人衆人道我們四首也算想絕了再一首也不能了你到弄了兩首那里有許多話說必定要重了我們的一面說一面看詩只見兩首詩道

其一

神仙昨日降都門種得藍田玉一盆自是霜娥偏愛冷非關倩女亦離魂秋陰捧出

何方雪雨漬添来陽俗痕却喜诗人吟不倦豈令寂寞度朝昏

其二

蘅芷堦通蘿薜门也宜墙角也宜盆花因喜潔難尋偶人為題秋易斷魂玉燭滴乾風裡淚晶簾隔破月中痕幽情欲向嫦娥訴無奈虛廊夜色昏

衆人看一句贊詩一句看到了贊到了都

說個不社作了海棠詩真該起這海棠社
了史湘雲道明日先罰我個東道就讓我
先邀一社可使得衆人道這更妙了因又
將昨日的詩与他評論一回至晚寶釵將
湘雲邀往蘅蕪苑去安歇湘雲燈下計議
如何設東道擬題目寶釵聽說了半日皆
不妥當因向他說道既開社便要作東雖
然是個頑意兒也要瞻前顧後又要自己

便宜又要不得罪了人然後方大家有趣你家裡你又作不得主一個月通共那幾吊錢你還不彀盤纏呢這會子又幹這沒要緊的事你嬸娘們聽見了越發報怨你了況且你就都拿出來做這個東也不彀難道為這個家去要去不成還是和這裡要呢一夕話提醒了湘雲到躊躕起來寶釵道這個我已經有了主意我們當鋪裡

有一個夥計他家田上出的好肥螃蟹前
兒送了幾斤来現在這裡的人從老太〻
起連園子裡的人有多一半都愛吃螃蟹
的前日姨娘還說要請老太〻在園子裡
賞桂花吃螃蟹因為有事還沒有請你如
今且把詩社別提只普通一請等他們散
了偺們有多少詩做不得呢我和我哥〻
說要他幾簍極肥極大的螃蟹来再往鋪

子裡取上幾罈好酒来再備四五桌菓碟子豈不又省事又大家熱鬧了湘雲聽了心中自是感服極讚想的周到寶釵又咲道我是一片真心為你的话你千萬别多心想着我小看了你偺們兩個白好了你若不多心我就好叫他們辦去湘雲忙咲道好姐姐你這樣說到是多心待我了我憑他怎麼糊塗連個好歹也不知道還成

個人了我若不把姐〻當作親姐〻一樣看上回那些家常煩難事也不肯盡情告訴你了寶釵聽說便喚一個婆子来出去和大爺說像前日的大螃蟹要幾簍来明日飯後請老太〻姨太〻賞桂花你說大爺好歹别忘了我今兒已請下人了那婆子出去說明回来無話這裡寶釵又向湘雲道詩題也不要過于新巧了你看古人

詩中那里有那些刁鑽古怪的題目和那

極險的韻脚若目題過於新巧韻過於險

再不得有好詩終是小家子氣詩固然怕

說熟話然而更不可過於求生只要頭一

件立意清新自然措詞就不俗了究竟這

也算不得什麽還是紡績針黹是你我的

本等一時閑了到是于身心有益的書看

幾章是正經湘雲只答應着因笑道我如

今心裡想著昨日作海棠詩我如今要作個菊花詩如何寶釵道菊花到也合景只是前人作的太多了湘雲道我也是如此想著恐怕落套寶釵想了一想說到有了如今以菊花為賓以人為主竟擬出幾個題目來都要兩個字一個虛字一個實字實字便用菊字虛字便用通用的如此又是咏菊又是賦事前人也沒作過也不

能落套賦景咏物兩關着又新鮮又大方
湘雲咲道這却狠好只是不知用何等虛
字纔好你先想一個我聽〻寶釵想了一
想咲道菊夢就好湘雲咲道果然好我也
有一菊影可使得寶釵道也罷了只是也
有人作過若題目多這个也夾得上我又
有了一個湘雲道快說出来寶釵道問菊
如何湘雲拍案叫妙因接說道我也有了

訪菊如何寶釵也讚有趣因說道索性擬出十個来寫上再来說着二人研墨蘸筆湘雲便寫寶釵便念一時湊了十個湘雲看了一遍又咲道十個還不成幅索性湊成十二個便全了也如人家的字畫冊頁一樣寶釵聽說又想了兩個一共湊成十二個又說道既這樣索性編出個次第先後来湘雲道如此更妙竟弄成個菊譜了

寶釵道起手是憶菊憶之不得故訪第二是訪菊訪之既得便種第三是種菊種既盛開故相對而賞第四是對菊相對而興有餘故折來供瓶為玩第五是供菊既供而不吟亦覺菊無彩色第六便是吟菊既入詞章不可以不供筆墨第七便是畫菊既為菊如是碌碌究竟不知菊有何妙處不禁有所問第八便是問菊問如解語使

人狂喜不禁第九便是簪菊如是人事雖盡猶有菊之可咏者菊影菊夢二首續在第十第十一末卷便以殘菊總收前題之盛這便是三秋的好景妙事都有了湘雲依言將題目錄出又看了一回又問該限何韵寶釵道我平生最不喜限韵分明有好詩何苦為韵所縛偺們別學那小家子派只出題不拘韵原為大家偶得了好句

取樂並不爲柰邦難人湘雲道這話狠是這樣大家的詩還進一層但只是僧們五個人這十二個題目難道每人作十二首不成寶釵道那也太難人了將這題目謄好都要七言律詩明日貼在墻上他們看了誰作那一個就作那一個有力量者十二首都作也可不能的一首不成也可高才捷足者爲尊若十二首已全便不許他

後趕着又作不罰他就完了湘雲道這到也罷了二人商議妥帖方纔息燈安寢要知端的且聽下回分解

石頭記第三十八回

林瀟湘魁奪菊花诗
薛蘅蕪諷和螃蠏韻

話說寶釵湘雲二人计議已妥一宿無話湘雲次日便請賈母等賞桂花賈母等都說到是他有興頭須要擾他這雅興至午賈母果然帶了王夫人鳳姐兼請薛姨媽等進園来賈母因问那一處好王夫人道

憑老太太愛在那一處鳳姐道藕香榭已
经擺下了那山坡下兩顆桂花開的又好
河裡水又碧清坐在河當中亭（亭）子上豈不
敞亮看着水眼也清亮賈母聽了這話很
是說着引了衆人往藕香榭來原來這藕香
榭蓋在池中四面有窗左右有廻廊可通
亦是跨水接峯後面又有曲折竹橋暗接
衆人上了竹橋鳳姐忙上來攙着賈母口

里說老祖宗只管邁大步走不相干的這竹子橋規矩是咯吱〻〻的一時進入榭中只見攔干外另放着兩張竹桌一個上面設着盃筯酒具一個上頭設着茶筅茶盃各色茶具那邊有兩三個丫頭搧風爐煮茶這一邊另外幾個丫頭也搧風炉燙酒呢賈母喜得忙問這茶想的到且是地方東西都乾淨湘雲笑道這是寶姐〻幫

着我預備的賈母道我說這個孩子細緻
凡事想的妥當一面說一面又看見柱上
挂的黑漆嵌蚌的對子命人念道
芙蓉影破歸蘭槳　菱藕香深寫竹橋
賈母聽了又抬頭看匾因回頭向薛姨娘
道我先小時家裡也有這麼一個亭子叫
做什麼枕霞閣我那時也只像他們姐妹
們這樣大年紀因姐妹們天天頑去那日

誰知我失了腳掉下去幾乎沒淹死好容易救了上来到底那木釘把頭磞破了如今這鬓角上那指頭頂大一塊窩兒就是那殘破了衆人都怕經了水又怕冒了風都說活不的了誰知竟好了鳳姐不等人說先咲道那時要活不得了如今這麼大福可叫誰享呢可知老祖宗從小兒的福壽就不小神差鬼使磞出那個窩兒来好

盛福壽的壽星老兒頭上原是一個窩兒因為萬福萬壽盛滿了所以到凸高出些来了未及說完賈母与衆人都咲軟了賈母咲道這猴兒慣的了不的了只管拿我取咲起来恨的我撕你那油嘴鳳姐咲道回来吃螃蟹恐積了冷在心裡討老祖宗咲一咲開了心多吃兩個就無妨了賈母咲道明兒叫你日夜跟着我〻到常咲〻

覺的開心、不許回家去王夫人咲道老太太
因喜歡他纔慣的他這樣還這樣說他明映
越發無理了賈母咲道我喜歡他這樣横
豎禮体不錯就罷沒的叫他見神鬼似
的做什麽說着一齊進入亭子獻過茶鳳
姐忙着搭棹子要杯筯上面一棹賈母薛姨
娘寶釵黛玉寶玉東邊一棹史湘雲王夫
人迎春惜春西邊靠门一小棹李紈和鳳

姐的虗設坐位二人皆不敢坐只在賈母
王夫人兩桌上伺候鳳姐吩咐螃蟹不可
多拿来仍舊放在蒸籠裡拿十個来吃了
再拿一面又要水洗了手跟在賈母跟前
剥蟹肉頭次讓薛姨媽薛姨媽道我自已
掰着吃香甜不用人讓鳳姐便奉与賈母
二次便与寶玉又説把酒燙的滾熱的拿
来又命小了頭去取菊花葉兒桂花蘂的

菉豆麵子拿来預備洗手湘雲陪着吃了一個就下堂来讓人又出去外頭命人盛兩盤子與趙姨娘周姨娘送去又見鳳姐走来道你不慣張羅你吃你的去我先替你張羅等散了我再吃湘雲不肯又命人在那邊廊上擺着兩棹讓鴛鴦琥珀彩霞彩雲平兒去坐鴛鴦因向鳳姐笑道二奶奶在這里伺候我可吃去了鳳姐道你們只

管去都交給我就是了說着史湘雲仍入了坐鳳姐和李紈也胡亂應個景兒鳳姐仍是下来張羅一時出至廊上鴛鴦等正吃的高興見他来了鴛鴦等站起来道奶々又出来做什庅讓我们也受用一會子鳳姐道鴛鴦小蹄子越發壞了我替你當差到不領情還報怨我還不快斟一鍾来我喝呢鴛鴦笑着兆斟了一杯酒送到鳳姐

唇邊鳳姐一揚脖吃了琥珀彩霞二人也
斟上一盃送到鳳姐唇邊鳳姐也吃了平
兒早剔了一殼黄子送来鳳姐道多倒些
姜醋一面也吃了咲道你們坐着罷我去
了鴛鴦咲道好没臉吃我們的東西鳳姐
咲道你和我作怪你知道你璉二爺愛上你
要和老太太討了你作小老婆呢鴛鴦道
啐這也是作奶奶說出来的話我不拿腥

手抹你一臉算不得說著趕来就要抹鳳
姐兒央道好姐〻饒我這一遭兒罷琥珀
道鴛鴦丫頭要去了平丫頭還饒他你们
看〻他没有吃了兩個螃蟹倒喝了一碟
子醋他也算不會攬酸了平兒手里正掰
了個滿黄的螃蟹聽如此奚落他便拿着
螃蟹照琥珀臉上来抹口內咲罵道我把
你這嚼舌根的小蹄子琥珀也咲着往旁

邊一躲平吹使空了往前一撞正恰〻的抹在鳳姐腮上鳳姐正和鴛鴦嘲哄不妨嚇了一跳噯呀一聲衆人掌不住都哈〻的大哄起来鳳姐也禁不住哄駡道死娼婦吃離了眼了混抹你娘的平兒忙赶過来替他擦了親自去端水鴛鴦道阿彌陀佛這是個報應貫母那邊听見一疊連聲問見了什庅這樣樂告訴我們也哄〻鴛鴦等

忙高聲咲回道二奶〻来搶螃蟹吃平兒惱了抹了他主子一臉的螃蟹黃子主子奴才打架呢賈母和王夫人等聽了也咲起来賈母笑道你們看他可憐見的把那小腿子臍子給他點子吃也完了鴛鴦等咲着荅應了高聲說道這滿棹的腿子二奶〻只管吃就是了鳳姐洗了臉走来又伏侍賈母等吃了一回黛玉獨不敢多吃

只吃了一點子肉就下来了一時不吃
了大家方散都洗了手也有看花的也有
弄水看魚的遊玩一回王夫人因賈母說
這里風大纔又吃了螃蟹老太〻還是回
房去歇〻罷了若高興明日再来逛〻賈
母聽了咲道正是呢我怕你們高興我走
了又怕掃了你們的高興既這麼說偺們
就都去罷回頭又囑咐湘雲別要讓你寶

哥〻林姐〻多吃了湘雲答應著又囑咐湘雲寶釵二人說你兩個也別多吃那東西雖好吃不是什庅好的吃多了肚子疼二人忙答应著送出園外仍舊回来命將殘席收拾了另擺寶玉道也不用擺偺們且把大圓棹子放在當中酒菜都放着也不必拘定坐位有愛吃的去吃大家散坐豈不便宜寶釵道這話極是湘雲道雖如

此說還有别人因又命另擺一桌揀了熱
螃蟹來請襲人紫鵑司棋侍書入畫鶯兒
翠墨等一處共坐山坡桂樹底下鋪下兩
條花毯命答應的婆子並小丫頭等也都
坐了只管隨意吃喝等喚再來湘雲便取
了詩題用針綰在墻上衆人看了都說新
奇因新奇只怕作不出來湘雲又把不限
韵的緣故說了一番寶玉道這纔是正理

我也最不喜限韻林黛玉因不大吃酒又
不吃螃蟹自命人掇了一個繡墩倚欄坐
著拿著釣竿釣魚寶釵手裡拿著一枝桂
花玩了一回俯在窗檻上掐了桂蕊擲向
水面引的遊魚浮上来唼喋湘雲出了一
回神又讓一回襲人等又招呼山坡下的
衆人只管放量吃探春和李紈惜春坐在
垂柳陰中看鷗鷺迎春又獨在花陰下拿

着花針兒穿茉莉花寶玉又看了一回黛玉釣魚一回又擠在寶釵旁邊說笑兩句一回又看襲人等吃螃蟹自己也陪他飲兩口酒襲人又剔一殼肉給他吃黛玉放下釣竿走至座間拿起那烏銀梅花自斟壺來揀了一個小小的海棠凍石蕉葉盃丫鬟看見知他要飲酒忙著走上來斟黛玉道你們只管吃去讓我自己斟纔有趣

吹説着便斟了半盞看時卻是黄酒因説
道我吃了一點子螃蟹覺得心口微〻的
疼須得熱〻的吃口燒酒寶玉忙道有燒
酒便命將那合歡花浸的酒燙壺来黛玉
也只吃了一口便放下了寶釵也走過来
另拿過一隻杯来也飲了一口放下便蘸
筆至墻上把頭一個憶菊勾了底下又贅
了一個蘅字寶玉忙道好姐〻第二個我

已經看了四句了你讓我作罷寶釵咲道我好容易有了一首你就忙的這樣黛玉也不說話接過筆来把第八個問菊勾了接著把第十一個菊夢也勾了也贅上一個瀟字探春走来看看道竟没人作簪菊讓我作這簪菊又指著寶玉咲道纔宣過總不許帶出閨閣字様来你可要留神說著只見湘雲走来將第四第五對菊供菊一

連兩個都勾了也發上一個湘字探春道你也該起個號湘雲咲道我们家如今雖有幾間軒館我又不住着借了來也沒趣寶釵咲道方纔老太〻說你们家也有這個水亭叫枕霞閣難道不是你的如今雖沒了你到底是舊主人衆人都道有理寶玉不待湘雲動手便代將湘字抹了改了一個霞字又有頓飯工夫十二題已完各

自謄出来都交與迎春另會了一張雪浪箋過来一併謄錄出来某人作的底下贅的某人的號李紈等從頭看到

憶菊　　蘅蕪君薛寶釵

悵望西風抱悶思蓼紅葦白斷腸時空籬舊圃秋無跡瘦月清霜夢有知念念心隨歸雁遠寥寥坐聽晚砧癡誰憐我為黃花病慰語重陽會有期

訪菊

怡紅公子　賈寶玉

閒趁霜晴試一遊
酒盃藥盞莫淹留
霜前月下誰家種
檻外籬邊何處秋
蠟屐遠來情得得
冷吟不盡興悠悠
黃花若解憐詩客
休負今朝掛杖頭

種菊　又

攜鋤秋圃自移來
籬畔庭前故故栽
昨夜不期紅雨活
今朝猶喜帶霜開
冷吟秋色

詩千首醉酹寒香酒一杯泉漑泥封勤護
惜好知井逕絕塵埃

對菊　　　枕霞舊友史湘雲

別圃移來貴比金一叢淺淡一叢深蕭疏
籬畔科頭坐清冷香中抱膝吟數去更無
君傲世看來惟有我知音秋光荏苒休辜
負相對原宜惜寸陰

供菊　　　又

彈琴酌酒喜堪儔几案婷婷點綴幽隔座香分三徑露拋書人對一枝秋霜清紙帳來新夢圃冷斜陽憶舊遊傲世也應同氣味春風桃李未淹留

詠菊

瀟湘妃子 林黛玉

無賴詩魔昏曉侵遶籬欹石自沉音毫端運秀臨霜寫口齒香噙對月吟滿紙自憐題素怨片言誰解訴秋心一從陶令評章

後千古高風說到今

畫菊　蘅蕪君

詩餘戲筆不知狂豈是丹青費較量聚葉潑成千點墨攢花染出幾痕霜淡濃神會風前影跳脫秋生腕底香莫認東籬閒採掇粘屏聊以慰重陽

問菊　瀟湘妃子

欲訊秋情衆莫知喃喃負手叩東籬孤標

傲世偕誰隱，一樣花開為底遲。圃露庭霜何寂寞，雁歸蛩病可相思。休言舉世無談者，解語何妨話片时。

簪菊

蕉下客　賈探春

瓶供籬栽日日忙，折來休認鏡中粧。長安公子因花癖，彭澤先生是酒狂。短鬢冷沾三徑露，葛巾香染九秋霜。高情不入時人眼，拍手憑他笑路傍。

菊影　　　　枕霞舊友

穐光疊〻復重〻潛度偷移三逕中窗隔疏燈描遠近籬篩破月鎖玲瓏寒芳留照魂應駐霜印傳神夢也空珍重暗香休踏碎憑誰醉眼認朦朧

菊夢　　　　瀟湘妃子

籬畔秋酣一覺清和雲伴月不分明登仚非慕莊生蝶憶舊還尋陶令盟睡去依〻

隨雁斷驚廻故〻　檻蛩鳴醒幽怨仝誰訴
衰草寒煙無限情

殘菊　　　　　　　　蕉下客

露凝霜重漸傾欹宴賞纔過小雪時蒂有
餘香金淡泊枝無全葉翠離披半床落月
蛩聲病萬里寒雲雁陣遲明歲秋風知有
會暫时分手莫相思

衆人看一首讚一首彼此稱揚不絕李紈

笑道等我從公評來通篇看來各人有各
人的警句今日公評咏菊第一問菊第二
菊夢第三題目新詩也新立意更新惱不
得要推瀟湘妃子為魁了然後簪菊對菊
供菊畫菊憶菊次之寶玉聽說喜的拍手
叫極是極公道黛玉道我那首也不好到
底傷於纖巧些李紈道巧的却好不露堆
砌生硬黛玉道據我看來頭一句好的是

圃冷斜陽憶舊遊這句背面傳粉抛書人
對一枝秋已经妙绝将供菊說完没耍再
說枝翻回来想到未折未供了先意思遠
李紈咲道固如此說你的口齒噙香一句
也敲的過了探春又道到底要算蘅蕪君
沉著秋無迹夢有知把個憶字竟烘染出
来了寳釵咲道你的短鬢冷沾葛巾香染
的也就把簪菊形容的一個縫兒也没了

湘雲咲道偺誰隱為底遲真〻把個菊花
问的無言可對李紈咲道你的科頭坐抱
膝吟竟一時也本捨不得別開菊花有知
也必膩煩了說着大家都笑了寶玉笑道
我又落第難道誰家種何處秋蠟屐遠來
冷吟不盡都不是訪不成昨夜雨今朝霜
都不是種不成但恨敲不上口齒噙香對
月吟請冷香中抱膝吟雖短鬢葛巾金淡

泊翠離披秋無跡夢有知這幾句罷了又道明兒閒了我一個人作出十二首來李紈道你的也好只是不及這幾句新詩就是了大家又評了一面回復又要了熱蟹來放在大圓桌上吃了一回寶玉笑道今日持螯賞桂亦不可無詩我已吟成誰還敢作說着便忙洗了手提筆寫出衆人都看道

持螯更喜桂陰凉潑醋擂薑興欲狂饕餮
王孫應有酒橫行公子却無腸臍間積冷
饞忘忌指上沾腥洗尚香原為世人美口
腹坡仙曾笑一生忙
黛玉笑道這樣的詩一時要一百首也有
寶玉笑道你這會子才力已盡了不說不
能作了還貶人家黛玉聽了並不荅言也
不思索提起筆来一揮已有了一首衆人

看道

鐵甲長戈死未忘堆盤色相喜先嘗螯封嫩玉雙雙滿殼凸紅脂塊塊香多肉更憐卿八足助情誰勸我千觴對斯佳品酬佳節桂拂清風菊帶霜

寶玉看了正喝彩黛玉便一把撕了命人燒去因咲道我作的不及你的我燒了他你那個狠將比方纔的菊花詩還好你留

着他给人看寶釵接着咲道我也勉强了
一首未必好寫出来取笑兒罷說着也寫
了出来大家看时寫道是
桂靄桐陰坐擧觴長安涎口盼重陽眼前
道路無經緯皮裡春秋空黑黃
看到此衆人不禁叫绝寶玉道罵得痛快
我的詩也該燒了又看底下道
酒未敵腥還用菊性妨積冷定須薑於今

落釜成何益月浦空餘禾黍香

衆人都説這是食蟹絶唱這些小題目原要寓大意纔算是大才只是諷刺世人太毒了些説着只見平兒復進園來不知作些什麽且聽下回分解

冊

第三十九回

村姥姥是信口開河
情哥哥偏尋根究底

話說衆人見平兒来了都說你們奶奶做什麼呢怎麼不来了平兒咲道他那里得空兒来因為說没有好生吃得又不得不来所以叫我来問還有没有叫我要幾個拿了家去吃罷湘雲道有多着呢忙命人

拿盒子裝了十個極大的平兒道多拿幾個團臍的衆人又拉平兒平兒不肯李紈拉着他笑道偏要你坐拉着他身傍坐下端了一杯酒送到嘴邊平兒喝了一口就要走李紈道偏不許你去顯見得你只有鳳丫頭就不听我的話了說着又命嬷〻們先送了盒子去就說我留下平兒了那婆子一時拿了盒子回来說二奶奶說叫

奶奶和姑娘們別笑要嘴吃這個盒子裡是方纔舅太太那里送來的菱粉糕和鷄油卷兒給奶奶姑娘們吃的又向平兒道說使喚你來你就貪住頑不去了勸你少喝一杯兒罷平兒笑道多喝了又把我怎麽樣一面說一面只管喝又吃螃蟹李紈攬着他笑道可惜這麽個好体面模樣兒命却平常只落得屋里使喚不知道的人誰不

拿你當作奶奶太太看平兒一面和寶釵湘雲等吃喝着一面回頭笑道奶奶別模模的我怪癢的李氏道噯喲這硬的是什麼平兒道鑰匙李氏道什麼鑰匙要緊梯已東西怕人偷了去却帶在身上我成日家和人說笑有個唐僧取經就有個白馬来駝着他劉智遠打天下就有個瓜精来送盔甲有個鳳丫頭就有個你你就是你

奶奶的一把總鑰匙還要這鑰匙做什麼平兒笑道奶奶吃了酒又拿我来打趣着取笑兒了宝釵笑道這到是真話我們没事兒評論起人来你們這幾個都是百個里挑不出一個来妙在各人有各人的好處李紈道大小都有個天理比如老太太屋里要没那個央夗如何使得從太太起那一個敢駁老太太的一回他現敢駁回

偏老太太只听他一個人的話老太太的
的那些穿帶的別人不記得他都記得要
不是他經管着不知叫人誆了多少去呢
那孩子心也公道雖然這樣到常替人上
好話兒還倒不倚勢欺人的惜春笑道老
太太昨兒還說呢他比我們還強呢平兒
道那原是個好的我們那里比的上他寶
玉道太太屋里的彩霞是個老實人探春

道可不是外頭老寔心里有数兒太太是那麼佛爺似的事情上留心他都知道凡百一應事都是他提着太太行連老爺在家出外去的一應大小事他都知道太太忘了他背後告訴太太李紈道那也罷了指着寶玉道這一個小爺屋里要不是襲人你們度量到個什麼田地鳳丫頭就是個楚霸王也是两隻膀子好舉千斤鼎他

不是這丫頭他就得這麼週到了平兒道先時賠了四個丫頭来死的死去的去只剩下我一個孤鬼了李紈道你到是有造化的鳳了頭也是有造化的想當初你珠大爺在日何曾也没兩個人你們看我還是那容不下人的天天只見他兩個不自在所以你珠大爺一没了趂年輕我都打發了若有個好的守得住我到底有個膀

膊了說着不覺滴下淚来衆人都道這又何必傷心不如散了到好說着便都洗了手大家約着往賈母王夫人處問安衆婆子了頭打掃亭子收洗盃盤襲人便和平兒一同往前去襲人因讓平兒到房里坐坐再吃一鍾茶平兒因說不吃茶了再来罷一面說一面便要出去襲人又叫住問道這個月的月錢連老太太太太的還没

放呢是為什麽平兒見問忙轉身至襲人跟前又見方左近無人悄悄說道你快别問横豎再遲兩天就放了襲人笑道這是為什麽唬的你這樣兒平兒悄聲告訴他道這個月的月錢我們奶奶早已支了放給人使呢等别處利錢收了来湊齊了總放呢因為是你我總告訴你可不許告訴一個人去襲人笑道他難到還短錢使還没

個足厭何苦還操這心平兒笑道何曾不
是呢他這幾年只拿着這一項銀子翻出
出有幾百来又了他的公費月例又使不着
十两八两零碎攢了又放出去只他這梯
已利錢一年不到上千的銀子呢襲人笑
道拿着我們的錢你們主子奴才賺利錢
哄的我們獃等平兒道你又說没良心的
話你到還少使錢襲人道我雖不少只是

我也没地方使去就只預偹我們那一個
平兒道你倘若有要緊事用銀錢使的我
那里還有幾两銀子你先拿来使明兒我
扣下你的就是了襲人道此時也用不着
怕一時要用起来不勾了我打發人取去
就是了平兒答應着一逕出了園門来至
家内只見鳳姐兒不在房里忽見上面来
打抽豐的那劉姥姥和板兒又来了坐在

那邊屋里還有張材家的周瑞家的陪着
又有兩個三個ㄚ頭在地下倒口袋里的
棗〻子倭爪並些〻野菜衆人見他進来都忙
站起来了劉姥〻因上次来過知道平兒
的身分忙跳下地来問姑娘好又說家里
都問好早要来請姑娘奶奶的安因為庄家
忙好容易今年多打了兩石粮食爪菓菜
蔬也豐盛這是頭一起摘下来的並沒敢

賣呢留的尖兒孝敬姑奶奶姑娘們嚐嚐姑娘們天天山珍海味的也吃膩了這個吃個野意兒也算是我們的窮心平兒忙道多謝費心又讓坐自己也坐了又讓張嬸子周大娘坐又命小了頭子到茶去周瑞張材兩家的因笑道姑娘今兒臉上有些春色眼睛圈兒都紅了平兒笑道可不是我原是不吃的大奶奶和姑娘們只是

拉着死灌不得已喝了兩鍾臉就紅了張
材家的笑道我到想着要吃呢又無人讓
我明兒再有人請姑娘可帶了我去罷說着
大家都笑了周瑞家的道早起我就看見那
螃蟹了一斤只好秤兩三個這麽兩三個
大簍想是有七八十斤呢若是上上下下
只怕不勾平兒道那里勾不過都是有名
兒的吃兩個子那些散衆的也有模的着

的也有模不着的劉姥〻道這樣螃蟹今
年就值五分一斤十斤五錢五五二兩五
三五一十五再搭上酒菜一共倒有二
十多兩銀子阿彌陀佛這一頓的錢勾我
們庄家人過一年的了平兒因問想是見
過二奶奶了劉姥〻道見過了呌我們等
着呢說着又往窓外看天氣說道天好早
晚了我們也去罷別出不去城纔是飢荒

呢周瑞家的道這話到是我替你瞧〻去說着一逕去了半日方来笑道可是你老人家的福来了竟投了這两個人的緣了平兒等問怎麼樣周瑞家的笑道二奶奶在老太太跟前呢我原是悄悄的告訴二奶奶劉姥〻要家去呢怕晚了赶不及出城去二奶奶說大遠的難為他扛了些沉東西来晚了就住一夜明兒再去這可不投上

二奶奶的緣了這也罷了偏生老太太又
听見了問劉姥姥是誰二奶奶便回明白
了老太太說我正想個積古的老人家說
話兒請了來我見一見這可不是想不到的
天上緣分了說着催劉姥〻下來前去劉
姥〻道我這生傻兒怎好見的好嫂子你
就說我去了罷平兒忙道你快去罷不相
干的我們老太太最是惜老憐貧的比不

得那個狂三詐、四的那些人想是你怯上我和周大娘送你去説着同周瑞家的引了劉姥姥往賈母這邊来二門口該班小厮們見了平兒出来都跕了起来有兩個又跑上来趕着平兒叫姑娘平兒問又説什庅、那小厮笑道這會子也好早晚了我媽病着等我去請大夫好姑娘我討半日假可使的平兒道你們倒好都商議定了一天一個告假又不回奶奶只我和胡纏前兒住兒去了二爺偏生叫他叫不着我應起来了還説我作了情你今兒又来了周瑞家的道當真的他媽病了姑娘也替他應着放了他罷平兒道明兒一早来听着我還要使你呢再睡的日頭晒着屁股再来你這一去帶個信兒給旺兒就説奶奶的話問着他剩的利錢明兒若不交了

来奶奶也不要了就索性送他使罷那小廝歡天喜地答道應去了平兒等来至賈母房中彼時大觀園中姊妹們都在賈母前承奉劉姥姥進去只見滿屋裡珠圍翠繞花枝招展的並不知都係何人只見一張榻上獨歪着一位老婆婆身後坐着一個紗羅裹的美人一般的個丫嬛在那里搥腿鳳姐兒跕着正說笑劉姥姥便知是

賈母了忙上来陪着笑福了幾福口裡說請老壽星安賈母亦忙欠身問好又命周瑞家的端過椅子来坐着那板兒仍是怯人不知問候賈母道老親家你今年多大年紀了劉姥〻忙立身答道我今年七十五了賈母向衆人道這庅大年紀了還這麼健朗比我大好幾歲呢我要到這麼大年紀還不知怎麼動不得呢劉姥姥笑道

我們生来是受苦的人老太太生来是享福的若我們也這樣那些庄家活也沒人作了賈母道眼睛牙齒都還好劉姥姥道都還好就是今年左邊的槽牙活動了賈母道我老了都不中用了眼也花耳也聾記性也沒了你們這些老親戚来了我怕人笑我我都不會不過嚼的動的吃兩口睡一覺悶了時和這些孫子孫女兒頑笑

一回就完了劉姥姥笑道這正是老太太的福了我們想着麽這着不能賈母道什麽福不過是個老廢物罷了說的大家都笑了賈母又笑道我纔聽見鳳哥兒說你帶好些瓜菜我叫他快收什去了我正想個地里現擷的瓜兒菜兒吃外頭買的不像你們田地里的好吃劉姥姥笑道這是野意兒不過吃個新鮮依我們倒想魚肉吃只是吃

不起賈母又道今兒既認着了親別空空的就去不嫌我這里就住一兩天再去我們有個園子園子裡頭也有菓子你明日也嚐嚐帶些家去也筭看親戚一盪鳳姐見賈母喜歡也忙留道我們這里雖不比你們的場院大空屋子還有兩間你住兩天把你們那里的新聞故事兒說些與我們老太太听听賈母笑道鳳丫頭別拿他

取笑兒他是鄉屯里的人老實那里擱的住你打趣他說着又命人去先抓菓子與扳兒吃扳兒見人多了又不敢吃賈母又命拿些〻錢給他叫小幺兒們帶他外頭頑去劉姥姥吃了茶便把些〻鄉村中所見所聞的事情說與賈母賈母亦發得了趣味正說着鳳姐兒便命人請劉姥姥吃晚飯賈母又將自已的菜揀了幾樣命人送過

去與劉姥姥吃鳳姐知道合了賈母的心吃了飯便又打發過来死央忙命老婆子帯了劉姥姥換去洗了澡自已排了两件随常的衣服命給劉姥姥換上那劉姥姥那里見過這般行事忙換了衣裳出来坐在賈母榻前又搜尋些〻話出說彼說時宝玉姐妹們也都在這里坐着他們何曾听見過這些〻話自覺比那些〻瞽目先生們說的

書還好听那劉姥〻雖是個村野人都却生来的有些〻見識況且年紀老了世情上經歷過的見頭一個賈母高興第二個件這些〻哥兒們姐兒們都愛听便没了話也編出些〻話来講因説道我們村庄上種地種菜每年每日春夏秋冬〻風裡雨裡那里有個坐着的空兒天天都是在那地頭子上作馬凉亭什麼奇奇怪〻的事不見呢就像

去年冬天、接、連下了幾天雪地下壓了三四尺深我那日起的早還沒出房門只听外面柴草响我想着必、定是有人偷柴草来了我爬着窓眼兒一瞧却、不是我們村庄上的人賈母道必定是過路的、客人們冷了見現成的柴抽些、拷火去也是有的劉姥姥道也並非客人所以說来奇怪老壽星當個什麼人原来是一個十七八歲的極標緻的一個小姑娘梳着溜油光的頭穿着大紅襖兒白綾兒裙兒剛說道這里忽听外面人吵嚷起來又說不相干的别唬着老太太賈母等听了忙問怎麽了丫頭回說南院馬棚里走了水了不相干已經救下去了賈母最膽小的听了這話忙起身扶了人出至廊上來瞧只見東南上火光猶亮賈母唬的口內念佛又忙命人

老去火神跟前烧香王夫人等也忙都過
来請安又回說已經救下去了老太太請
進房去罷賈母足的看着火光熄了方領
衆人進来宝玉且忙着問劉姥姥那女孩
児大雪地里作什麼抽柴草倘或凍出病
来呢賈母道都是緫〻說抽柴草惹出火来
了你還問呢别說這個了再說别的罷宝玉
听說心內雖不樂也只得罷了劉姥〻便

又想了一篇話說道我們庄子東邉庄上有個老奶奶子今年九十多歲了他天天吃齋念佛誰知就感動了觀音菩薩夜里託夢說你這樣虔心原本你該絕後的如今奏了玉皇給你個孩子原来這老媽奶只有一個兒子這兒子也只一個兒子好容易養到十七八歲上死了哭的什麼似的落後果然又養了一個今年纔十三四歲

生的雪團兒一盤聰明伶俐非常可見這些神佛是有的這一夕話暗合了賈母王夫人的心事連王夫人也都听見住了宝玉心中只記掛着抽柴的故事因悶的心中籌畫探春因問他昨兒擾了史大妹妹咱們囬去商議着邀一社又還了席也請老太太賞菊花何如宝玉笑道老太太說了還要擺酒還史妹妹的席叫偺們作陪

呢等吃了老太太的偺們再請不遲探春道越往前来（去）越冷了老太太未必高興宝玉道老太太又喜歡下雨下雪的不如（偺）們等下頭場雪請老太太賞雪豈不好偺們雪下吟詩也更有趣了林黛玉忙笑道偺們雪下吟詩依我說還不如弄一綑柴火雪下抽柴不更有趣兒你（呢）說着宝釵等都笑了宝玉瞅了他一眼也不答話一時散

了背地里、宝玉足、的拉了劉姥〻細問那
女孩兒是誰劉姥姥只得編了告訴他道
那原是我們庄北沿地埂子上有一個小
祠堂里供的不是神佛當有個什麼老爺
說着又想名姓寶玉道不拘什麼名姓你
不必想了只說原故就是了劉姥姥道這
老爺没有兒子只有一位小姐名叫若玉
小姐知書識字老爺太太愛如珍宝可惜

這若玉小姐生到十七歲一病死了宝玉听了跌足嘆惜又問後来怎麼樣劉姥姥道因為老爺太太思念不盡便蓋了這祠堂塑了這若玉小姐的像派了人燒香撥火如今日久年深的人也没了廟也爛了那像就成了精宝玉忙道不是成精規矩這樣人是雖死不死的劉姥姥〻道阿彌陀佛原来如此不是哥兒說我們都當他成精

他時常變了人出来各村庄店道上閒曠我纔說這抽柴火的就是他了我們村庄上的人還商議着要打了這塑像平了廟呢寶玉忙道快别如此若平了廟罪過不小劉姥姥道幸虧哥兒告訴我我明兒回去攔住他們就是了宝玉道我們老太太太太都是善人就是合家大小也都好善喜捨最愛修廟塑神的我明兒做一個疏

頭替你化些〻佈施你做香頭攢了錢把這
廟修蓋再粧潢点了泥像每月給你香火錢
燒香豈不好劉姥〻道若這樣時我托那
小姐的福也有幾個錢使了宝玉又問他地
名庄名来往遠近座落何方劉姥〻便順
口胡謅了出来宝玉信以為真回至房中
盤筭了一夜次日一早便出来給了茗烟
幾百錢按着劉姥〻說着方向地名着茗

烟先去踏看明白回来再做主意那茗烟
去後宝玉左等也不来右等也不来急的
熱鍋上的螞蟻一般好容易等到日落方見
茗烟興〻頭〻的回来了宝玉忙問可有
廟了茗烟笑道爺听的不明白要我好找那
地名座落不似爺說的一樣所以找了一
日找到東北上田埂子上總有一個破廟
寶玉听說喜的眉開眼笑忙說道劉姥姥

有年紀的人一時錯記了也是有的你且說你見的茗烟到道那廟門却到是朝南門也是稀破的我找的正没好氣一見這個我說可好了連忙進去一看泥胎唬的我又跑出来了活似真的一般宝玉喜的笑道他能變化人了自然有些生氣茗烟拍手道那里是什庅女孩兒竟是一位青臉紅髮的瘟神爺宝玉听了啐了一口罵道

真是一個無用的殺材這點子事也幹不来茗烟道二爺不知看了什麼書或者听了誰的混話信真了把這件没頭脑的事派我去磞頭怎麼說我没用呢宝玉見他急了忙撫慰他道你别急改日閒了你再找去若是他哄我們呢自然没了若竟是有的你豈不也積了陰隲我必重重的賞你正說着只見二門上的小厮来說老太

太房里的姑娘們跕在二門口我二爺呢

不知如何且聽下冊分解

第四十回

史太君兩宴大觀園
金鴛鴦三宣牙牌令

話說宝玉听了忙進来看時只見琥珀跕在屏風跟前說快去罷立等你說話呢宝玉来至上房只見賈母正和王夫人衆姊妹商議給史湘云還席宝玉因說道我有個主意既没有外客吃的東西别拘定了

樣数誰素日愛吃的揀樣兒做幾樣也不要按棹席每人跟前擺一張高几各人愛吃的東西一兩樣用一個拾錦攢心盒子自斟壺豈不別致賈母听了説狠是忙命人傳與厨房明日就將我們愛吃的東西做了按着人数再裝了盒子来早飯也擺在園里吃商議之間早又掌燈一夕無話次日清早起来可喜這日天氣清朗李紈

侵晨先起看老婆子了頭們掃那些落葉併擦抹棹椅預備茶酒器皿只見豐兒帶了劉姥姥板兒進來說大奶奶到忙的緊李紈笑道我說你昨兒去不成只忙着要去劉姥姥笑道老太太留下我叫我也熱鬧一天去豐兒拿了幾把大小鑰匙說道我們奶奶說了外頭的高几恐不勾使不如開了樓把那收的拿下來使一天罷奶

奶原該親自来的因和太太說話呢請大奶ㄟ開了帶着人撒罷李氏便命素雲接了鑰匙又命婆子出去把二門上的小厮叫幾個来李氏站在大觀楼下往上看命人上去開了綴錦閣一張一張的往下抬小厮老婆子了頭一齊動手抬了二十多張下来李紈道好生着别慌慌笑張張鬼赶来似的仔細磞了牙子又回頭劉姥ㄟ笑道

姥姥也上去瞧瞧劉姥姥听説爬不得一聲兒便拉了板兒登梯上去進里面只見烏壓壓的堆着些圍屏棹椅大小花燈之類雖不大認得只見五彩炫耀各有奇妙念了幾聲佛便下来了然後鎖上門一齊纔下来李紈道恐怕老太太高興越性把船上划子篙漿遮陽幔子都搬了下来預備着衆人答應又復開了色色的搬了下

来命小厮傳駕娘們到船塢里撑出两隻
船来正乱着安排只見賈母已帶了一羣
人進来了李紈忙迎上去笑道老太太高
興到進来了我只當還没梳頭呢纔擷了
菊花要送去一面說一面碧月早捧大荷
葉式的翡翠盤子来裡面養着各色折枝
菊花賈母便揀了一朵大紅的簪了鬢上
因回頭看見了劉姥姥忙笑道過来帶花

兒一語未完鳳姐便拉過劉姥姥来笑道
讓我打扮你説着将盤子的花横三竪四
的揷了一頭賈母衆人笑的不住劉姥姥
笑道我這頭也不知修了什麽福今兒這
樣体面起来衆人笑道你還不拔下来摔
到他臉上呢把你打扮的成了個老妖精
了劉姥姥笑道我雖老了年輕時也風流
愛個花兒粉兒的今兒老風流纔好説笑

之間已来至夗芳亭子上丫嬛們抱了一個大錦褥子来鋪在欄杆榻板上賈母倚欄坐下命劉姥姥也坐在傍邊因問他這園子好不好劉姥姥念佛說道我們鄉下人到了年下都上城来買畫兒貼時常閒了大家都說怎麽得到畫兒上去瞧瞧想着那個畫兒也不過是假的那里有這個真地方誰知道我今兒進這園里一瞧竟

比那畫兒還强十倍怎麽有人也照着這個園子畫一張我帶了家去給他們見見死了也得好處賈母听説便指着惜春笑道你瞧我這個小孫女兒他就會畫等明兒叫他畫一張如何劉姥姥听了忙的忙跑過来拉着惜春説道我的姑娘你這麽大年紀兒又這麽個好模樣還有這個能幹别是個神仙托生的罷賈母少歇一個

回自己領劉姥姥都見識見識先到了瀟湘館一進門只見兩邊翠竹夾路土地蒼苔佈滿中間羊腸一條石子漫的路劉姥姥讓出路来與賈母衆人走自已却走土地琥珀拉他說道姥〻你上来走仔細苔滑了劉姥姥道不相干的我們走熟了的姑娘們只會走罷可惜你們的那繡鞋别沾贜了他只顧上頭和人說話不妨底下

果跴滑了咕咚一跤跌倒衆人都拍手呵
呵的笑起来賈母笑罵道小蹄子們還不
攙起来只站着笑說話時劉姥〻已爬了
起來自己也笑了說道纔說嘴就打了嘴
賈母問道可扭了腰了不曾叫丫頭們搥
一搥劉姥姥道那里說得我這麼嬌嫩了
那一天不跌兩下子都要搥起來還了得
呢紫鵑早打起湘簾賈母等進來坐下林

黛玉親自用小茶盤捧了一盖碗茶来奉與賈母王夫人道我們不吃茶姑娘不用倒了林黛玉听說便命丫頭把自已窓下常坐的一張椅子挪到下首請王夫人坐了劉姥姥因見窓下案上設着筆硯又見書架上磊着滿〻的書劉姥姥道這必定是位哥兒的書房了賈母笑指黛玉道這是我外孫女兒的屋子劉姥姥留神打量

了林黛玉一回方笑道那里像個小姐的繡房竟比那上等書房還好賈母問道寶玉怎麼不見衆丫頭們答說在池子里船上呢賈母道誰又預備下船了李紈忙回說纔開楼拿几我恐怕老太太高興就預備下了賈母听了方欲說話時人回說姨太太来了賈母等剛站起来只見薛姨媽早進来了一面歸坐笑道今兒老太太高興這

早晚就来了賈母笑道我纔說来遲了的
要罰他不想姨太太就遲了說笑一回賈
母因見窻上紗顏色舊了便我王夫人說
道這個紗新糊上的好看過了後就不翠
了這個院子里頭又没個桃杏樹這竹子
已是綠的真拿這綠紗糊上不配我記得
偺們先有四五樣顏色糊窻的紗呢明兒
給他把這窻上的換了鳳姐兒忙道昨兒

我開庫房看見大板箱里還有好些疋銀紅蟬翼紗也有各樣折枝花樣的也有流雲萬福花樣的也有百蝶穿花花樣的顏色又鮮紗又輕軟我竟沒見過這樣的拿了兩疋出來作兩床綿紗被想来一定是好的賈母听了笑道呸人人都說你没有不經過不見過連這紗還不認得呢明兒還說嘴薛姨媽等都笑說憑他怎麼經過

如何敢比老太太呢老太太何不教道了
他我們也听听鳳姐兒也笑說好祖宗教
給我罷賈母笑向薛姨媽衆人道這紗比你
們的年紀還大呢怪不得他認作蟬翼紗
原也有些像不知道的都認作蟬翼紗正
経景名子叫作軟烟羅鳳姐兒道這個名兒
也好听只是我這們大了紗羅也見過幾
百樣從没听見過這個名兒賈母笑道你

能活了多大年紀見過幾樣沒處放的東西就說嘴来了那個軟羅只有四樣顏色一樣雨過天晴一樣秋香色一樣松綠的一樣就是銀紅的若是做了帳子糊了窗屜遠遠的看着就似烟霧一樣所以叫作軟烟羅那銀紅的又叫作霞影紗如今上用的庫紗也沒這樣軟厚輕密的了薛姨媽笑道別說鳳了頭沒見連我也沒聽見過

鳳姐兒一面說話早命人取了一疋來了賈母說可不是這個先時原不過是糊窓戶屜後來拿這個作被作帳子試〻也竟好明兒就找出幾個疋來拿銀紅的替他糊窓子鳳姐答應着衆人都看了稱讚不已劉姥姥也覷着眼看個不了念佛說道我們想他作衣裳也不能拿着糊窓子豈不可惜賈母道倒是作衣裳不好看鳳姐

忙把自已身上穿的一件大紅綿紗襖子襟兒拉了出来向賈母薛姨媽道看我的這襖兒薛姨媽都道這也上好的了就是如今的上用内造竟比不上這個鳳姐兒道這個薄片子還説是内造上用呢竟連這個官用的也比不上了賈母道再找一找只怕還有若有時都拿出来送這劉親家两疋做一個帳子我掛下剩的配上裡子

做些些袂背心子給了頭們穿白收着煤壞了鳳姐忙答應了仍命人送去賈母起身笑道這屋中窄再往別處曠去劉姥姥念佛道人人都說大家子住大房昨兒見了老太太正配上大箱大櫃大棹大床果然威武那櫃子比我們房子還大還高怪道後院子里有個梯子我想又不上房晒東西預備這個作什麼後来我想起来定是

為開頂櫃取放東西離了那梯子怎麽得上去呢如今又見了這小屋子更比大的越發齊整了滿屋的東西都只好看都不知呌什麽我越看越捨不得離了這里鳳姐道還有好的我都帶你去瞧瞧說着一逕離了瀟湘館預備下船偺們就坐一回說着便向紫菱洲蓼溆一帶走来未至池前只見幾個婆子手里都捧着一色捏絲

戲金五彩大盒子走来鳳姐忙問王夫人
早飯在那里擺王夫人道問老太太在那
里就在那里罷了賈母听說便回頭說你
三妹〻那里好你就帶了人擺去我們從這
里坐了船去鳳姐兒听說便回身同了李
紈探春夗央琥珀帶着端飯的人等趕（抄）着
近路到了秋爽齋就在曉翠堂上調開桌
案夗央笑道天天咱們說外頭老爺們吃

酒飯都有一個篾片相公拿他取笑兒偺

今兒也得了一個女篾片了李紈是個厚

道人听了不觧鳳姐兒却知道說的是劉

姥姥了也笑說道偺們今兒就拿他取個

笑兒二人便如此這般的商議李紈笑勸

道你們一點好事也不作又不是小孩子

還這麼淘氣仔細老太太說处央笑道狠

不與你相干有我呢正說着見賈母等来

了各自随便下来先有頭了頭端過两盤
茶来大家吃畢鳳姐手裡拿着西洋布手
巾裹着一把烏木三廂銀箸按位按席擺
下賈母因説把那一張小楠木棹子抬過
来讓劉親家近我這邉坐着衆人听説忙
抬了過来鳳姐一面遞眼色與鴛央鴛央
便拉了劉姥姥出去悄悄的囑咐了劉姥
姥一夕話只説這是我們家的規矩若錯

麈

了我們就笑話呢調停已畢然後歸坐薛
姨媽是吃過飯来的不吃只坐在一邊吃
茶賈母帶着寶玉湘雲黛玉寶釵一桌王
夫人帶着迎春姊妹三個一桌劉姥姥傍
着賈母一桌賈母素日吃飯皆是小丫頭
在傍拿着漱盂麈(麈)尾巾帕之物如今夗央是
不當這差的了今日夗央偏遇(拿)麈尾来拂
着了嬛們知道他要撮弄劉姥姥便躲開

讓他兒央一面侍立一面悄向劉姥姥說道別忘了劉姥〻〻道姑娘放心那劉姥姥入了坐拿起箸來沉甸甸的不伏手原是鳳姐和兒央商議定了单拿一對老年四楞象牙廂金的快子與劉姥姥劉姥〻見了說道這叉爬子比俺那里鉄掀還沉那里強的過他說的衆人都笑了只見一個媳婦端了一個盒子跕在當地一個了環

上来揭去盒蓋裡面盛着两碗菜李紈端了一碗放在賈母棹上鳳姐偏揀了一碗鴿子蛋放在劉姥姥棹上賈母這邊説聲請劉姥姥便跕起身来高聲説道老劉老劉食量大似牛吃個老母猪不抬頭自家却鼓着不語衆人先發怔後来一听出来了上上下下都哈哈的大咲起來史湘雲掌不住一口飯都噴了出来林代玉咲岔

了氣伏着棹子噯喲寶玉淌倒賈母懷里賈母咲的按着宝玉叫心肝王夫人笑的用手指着鳳姐兒只說不出話来薛姨媽也掌不住口裡的茶噴了探春一裙子探春手裡的飯碗都合在迎春的身上惜春離了坐拉着奶母叫揉一揉腸子地下無一個不湾腰屈背也有躲出去蹲着笑去的也有忍着咲上来替他姊妹換衣裳

的獨有、鳳姐兒央二人掌着還只管讓劉姥姥劉姥姥拿起箸来只學说不听使又說道這里的雞兒也俊下的這蛋也小巧怪俊的我且肏攮一個衆人方住了笑听見這話又笑起来賈母笑的眼淚出来琥珀在後搥着賈母笑道這定是鳳丫頭促狹鬼兒鬧的快别信他的話了那劉姥姥正誇雞蛋小巧要肏攮一個鳳姐兒笑道一

两銀子一個呢你快嚐〻罷那冷了就不好
吃了劉姥〻便伸箸子要夾那里夾的起
来滿碗里鬧了一陣好容易撮起一個来
纔伸着脖子要吃偏又㨯下来滚在地下
忙放箸子要親身去揀早有地下的人揀
了出去了劉姥姥嘆道一两銀子也没听
見响聲兒就没了衆人已没心吃飯都看
着他取咲賈母又説誰這會子又把那個

快子、拿了来又冢請客擺大筵席都是鳳了
頭支使的還不換了呢地下的人原不曾
預偹這牙箸夲是鳳姐和夗央拿了来的
听如此説快収過去也照樣換上一雙烏木
廂銀的劉姥姥道去了金又是銀的到底
不如俺們那個伏手鳳姐兒道菜里若有
毒這銀子下去就試的出来劉姥姥道這
個菜里有毒俺們那些都成了砒霜了那

怕毒死了也要吃盡了賈母見他如此有趣吃的又香甜把自已的菜也都端近與他吃又命一個老婆子將各樣的菜給板兒夹在碟內少吃畢賈母等都往探春卧室中去閒話這里收拾過飯棹又放一棹劉姥ゝ看着李紈與鳳姐兒對坐吃飯嘆道別的罷了我只看你們家這行事怪道說禮出大家鳳姐忙笑道你別多心纔剛

不過大家取樂兒一言未了鴛鴦也過來
笑道姥姥別惱我給老人賠個不是劉姥
姥笑道姑娘說那里話偺們哄這老太太
開個心兒可有什麼惱的先囑咐我〻就
明白了不過大家取個笑兒我要心里惱
你就不說了鴛鴦便罵人為什麼不倒茶
給劉姥姥吃劉姥姥〻忙道纔剛那個嫂子
倒了茶来我吃過了姑娘也該用飯了鳳姐兒

便拉夗央坐下你和我們吃了罷省的回
来又鬧夗央便坐下了婆子們添上碗箸
来三人吃畢劉姥姥笑道我看你們這些
人都只吃這一點兒就完了虧你們也不
餓怪只道風兒都吹的倒夗央便問今兒
剩的菜不少都那去了婆子們也都還没
散呢在這里等着一齊散與他們吃夗央
道他們吃不了這些〻挑兩碗給二奶奶屋

里平丫頭送去鳳姐兒道他早吃了飯了不用給他夗央道他不吃了喂你們的猫婆子听了忙揀了两樣拿盒子送去夗央道素雲那去了李紈道他們都在一處吃又找他作什麼夗央道這就罷了鳳姐兒道襲人不在這里你倒是叫人送两樣給他去夗央听說便命人也送两樣去後夗央又問婆子們回来吃酒的攢盒可裝上了

婆子道想必還得一回子夗央道催着些〻
兒婆子答應了鳳姐兒等來至探春房中
只見他娘兒們正說笑探春素喜闊朗這
三間屋子並不曾隔斷當地放着一張花
梨大理石大案〻上磊着各種名人法帖
並數十方寶硯各色筆筒筆海内插的筆
如樹林一般那一邊設着斗大的一個汝窑
花囊插着滿〻的一囊水晶毬的白菊西

墻上當中掛着一大幅米襄陽烟雨圖左
右掛着一付對聯乃是顏魯公墨跡其聯云
烟霞閒骨格　　泉石野生涯
案上設着大鼎左邊紫檀架上放着一個
大觀窰的大盤〻內盛着十個嬌黃玲瓏
大佛手右邊洋漆架上懸着一個白玉
比目磬傍邊掛着小鎚那板兒畧熟了些〻
便要摘那鎚子要擊丫環們忙攔住他他

他又要那佛手吃探春揀了給他說頑罷
吃不得的東邊便設着卧榻拔步床上懸
着葱綠雙繡花卉草蟲的紗帳板兒又跑
過来看說這是蟈蟈這是螞蚱劉姥姥忙
打他一巴掌罵道下作黄子没干没净的
乱鬧到咊你進来瞧瞧就上臉了打的板
兒哭起来衆人忙勸解方罷賈母曰隔着
紗窗往後院内看了一回因說這後廊簷

下的梧桐也好了就只細些正說着話忽
一陣風過隱隱听得鼓樂之聲賈母問是
誰家娶親呢這里臨街到近王夫人等笑
回道街上那里听的見這是咱們的那十
来個女孩子們演習吹打呢賈母便笑道既
他們演何不叫他們進来演習他們也逛
一逛咱們又可樂了鳳姐听說忙命人出
去叫来又一面吩咐擺下條桌鋪上紅毡

子賈母道就鋪排在藕香榭的水亭子上借着水音更好听回来偺們就在綴錦閣底下吃酒又寛濶又听的近衆人都說那里好賈母向薛姨媽笑道偺們走罷他們姊妹們都不大喜歡人来生怕臓了屋子偺們別没眼色正經坐一回子船喝酒去說着大家起身便走探春笑道這是那里的話求着老太太姨媽太太来坐坐還不能

呢賈母笑道我的這三丫頭却好只有那
兩個姐兒可悪田來吃醉了偺們偏往他
們屋里鬧去説着衆人都笑了一齊出来
走不多遠已到了荇葉渚那姑蘇選来的
幾個駕娘早把兩隻棠木舫撑来衆人扶
了賈母王夫人薛姨媽劉姥姥鴛鴦玉釧
兒上了這一隻落後李紈也跟上去鳳姐
兒也去立在船頭上也要来撑船賈母艙

内道這不是頑的雖不是河里也有好深
的你快不給我進来鳳姐兒笑道怕什麼
老祖宗只管放心説着便一篙點開到了
池當中船小人多鳳姐只覺乱恍忙把篙
子遞與駕娘方蹲下了然後迎春姊妹等
並寶玉上了那隻隨後跟来其餘老嬷〻
衆丫環俱沿河隨行寶玉道這些破荷葉
可恨怎麼還不叫人来拔去寶釵笑道今

年這幾日何曾饒了這園子閒了一閒太
太逛那里還有叫人来收拾的工夫林代
玉道我最不喜歡李義山的詩只喜他這一
句留得残荷听雨聲偏你們又不留着残
荷了寶玉道果然好句已後偺們别叫人
拔去了說着已到了花溆的蘿港之下覺
得陰森透骨兩灘上衰草残菱更助秋情
賈母因見岸上的清廈曠朗便問這是你

薛姑娘的屋子不是衆人道是賈母忙命攏岸順着雲步石梯上去一同進了蘅蕪苑只覺異香撲鼻那些青草仙藤愈冷愈蒼翠都結了實似珊瑚豆子一般纍垂可愛及進了房屋雪洞一般一色玩器全無案上只一個土定瓶瓶中供着數枝菊花並兩部書茶奩茶杯而已床上只吊着青紗帳幔衾褥也十分朴素賈母嘆道這孩

子太老實了你没有陳設何妨和你姨娘要些我也不理論也没想到你們的東西自然在家里没帶了来說着命鴛央去取些古董来又嗔着鳳姐兒不送些玩器来與你妹妹這樣小器王夫人鳳姐兒等都咲回說他自已不要的我們原送了来都退回去了薛姨媽也咲說他在家里也不大弄這些東西的賈母摇頭道使不得雖

然他省事倘来一個親戚看着不象二則年輕的姑娘們房里這樣素净也忌諱我們這老婆子越發該住馬圈去了你們听那些書上戲上說的小姐們的綉房精緻的還了得呢他們姊妹們雖不敢比那些小姐們也不要很離了格兒有現成的東西為什麼不擺若很愛素净少幾樣到使得我最會收拾屋子的如今老了没這閒心

了他們姐妹們也還學着收拾的好只怕俗氣有好東西也擺壞了我看他們還不俗如今讓我替你收拾包管又大方又素淨我的梯已兩件收到如今没給寶玉看見過若經了他的眼也没了說着叫過夗央来親吩咐道你把那石頭盆景兒和那架紗棹屏還有個墨烟凍石鼎這三樣擺在這案上就勾了再把那水墨字畫白綾

帳子拿来把這帳子換了死央答應着笑道這個東西都擱在東楼上的不知那個箱子里還得慢慢找去明兒在拿去也罷了賈母道明日後日都使得只別忘了說着坐了一回方出来一逕来至綴錦閣下文官等上来請過安因問演習何曲賈母道只揀你們生的演習幾套罷文官等下来往藕香榭去不提這里鳳姐兒已帶着

人擺設整齊上面左右兩張榻：上都鋪着錦裀蓉簟每一榻前兩張(雕)漆几也有海棠式的也有梅花式的也有荷葉式的也有葵花式的也有方的也有元的其式不一一個上面放着爐瓶一分攢盒一個上面空設着預備放人所喜之食物上面二榻四几是賈母薛姨媽下面一椅兩几是王夫人的餘者都是一椅一几東邊是劉

姥〻這以下便是王夫人西邊便是史湘云雲
第二便是寳釵第三便是黛玉第四迎春探春
惜春挨次下去宝玉在末李紈鳳姐二人
之几設于三層檻内二層紗櫥之外攢盒
式樣亦隨几之式樣每人一個烏雲洋鏨
自斟壺一個十錦琺瑯杯大家坐定賈母
偺們今日闲坐喫酒太覺冷寂行个酒令方妙薛姨媽笑道
先笑道老太太自然有好酒令我們如何
會呢安心要我們醉了我們都多吃兩杯

就是了賈母笑道姨太太今兒也過謙起
来想是厭我老了薛姨媽笑道不是謙只
怕行不上来倒是笑話了王夫人忙笑道
便說不上来只多吃了一杯酒罷了睡覺
去還有誰笑話咱們不成薛姨媽点頭笑
道依令老太太到底吃一杯令酒總是賈
母笑道這個自然說着便吃了一杯鳳姐
兒忙走至當地笑道既行令還叫夗央姐

姐来行更好衆人都知賈母所行之令必
必得夗央提着故听了這話都説狠好妹
鳳姐兒便拉了夗央過来王夫人笑道既
在令内没有跕着的禮囬頭命小了頭子
端一張椅子放在你二位奶々的席上夗
央也半推半就謝了坐便坐下也吃了一
鍾酒笑道酒令大如軍令不論尊卑惟我
是主違了我的話是要受罰的王夫人等

都笑道一定如此快些說來夗央未開口
劉姥姥便下了席擺手道別這樣捉弄人
我家去了衆人都笑道這却使不得夗央
喝命小丫頭子們拉上席去小丫頭子們
也笑道着果然拉入席中劉姥姥只叫饒我
罷夗央道再多言的罰一壺劉姥姥方住
了夗央道如今我說骨牌付兒從老太太起
順領說下去至劉姥姥止比如我說一付

兒将這三張牌拆開先說頭一張次說第二張再說第三張說完了和成這一付兒的名子無論詩詞歌賦成語俗話比上一句都要叶韵錯了的罰一杯衆人笑道這個令好就說来夗央道有了一付了左邊是張天賈母道頭上有青天衆人道好夗央道當中是個五與六賈母道六橋梅花香徹骨夗央道剩得一張六與幺賈母道一

輪紅日出雲霄夗央道湊成便是個蓬頭鬼賈母道這鬼抱住鍾馗腿說完大家笑着喝彩賈母飲了一杯夗央又道有了一付左邊是個大長五薛姨媽道梅花朵朵風前舞夗央道右邊是個大五長薛姨媽道十月梅花嶺上香夗央道當中二五是雜七薛姨媽道織女牛郎會七夕夗央道湊成二郎遊五岳薛姨媽道世人不及神仙樂說

金完大家稱賞飲了酒鴛央又道有了一付
了左邉長大么兩点明湘雲道雙懸日月照
乾坤鴛央道右邉長大么滿地明湘雲道閒
花落地听無聲鴛央道中間還得么四来
湘雲道日邉紅杏倚雲栽鴛央道湊成櫻
桃是九熟湘雲道御園却被鳥御出說完
飲了一杯鴛央道有了一付了左邉是長
三宝釵道雙〻燕子語梁間鴛央道右邉

是三長宝釵道水荇牽風翠帶長夗央道
當中三六九点在宝釵道三山半落青天
夗央道湊成是鐵鎖鍊孤舟宝釵道瀧水無声便不流說完飲了一杯
外夗央又道左邊一個天黛玉道良辰美
景奈何天宝釵听了回頭看着他黛玉只
顧怕罰也不理論夗央道中間錦屏顏色
俏代玉道紗窗也没有紅娘報夗央道剩
了二六八点齊代玉道雙瞻日月領朝儀
夗央道湊成籃子好採花代玉道仙杖香

桃芍藥花說完飲了一口夗央道左邊四
五成花九迎春道桃花帶雨濃眾人道該罰
錯了韵而且又不像迎春咲着飲了一口
原是鳳姐和夗央都要听劉姥姥的笑話
故意都命說錯都罰了至王夫人夗央代
說了個下便該劉姥姥劉姥姥道我們庄
家人閒了也常會幾個人弄這個但不如
說的這麼好听少不得我也試一試眾人

都笑道容易說的你只管說不相干夗央
笑道左邊四四是個人劉姥姥听了想了
半日說道是個庄家人罷衆人閧堂大笑
賈母笑道說的好就是這樣說劉姥姥也笑
道我們庄家人不過是現成的本色衆位
別笑夗央道中間三四綠配紅劉姥姥〻道
大火燒了毛毛虫衆人笑道這是有的還
說你的本色夗央道右邊幺四真好看劉

姥姥道一個蘿卜一頭蒜衆人又笑了夗
央道湊成便是一枝花劉姥姥兩隻手比
着說道花兒落了結了個大倭瓜衆人大
不知說出什庅来且聽下冊分解
笑道起未只听外面乱嚷

石頭記第四十一回

櫳翠庵茶品梅花雪

怡紅院刼遇母蝗蟲

話說劉姥〻兩隻手比着說道花兒落了結个大倭瓜衆人聽了鬨堂大笑起來于是吃過門杯因又逗趣笑道寔告訴說罷我的手脚粗笨又喝了酒仔細失手打了這磁杯有木頭的杯取个来我便失了手掉了地下也無碍衆人聽了又笑起來鳳姐兒聽如

此說便忙笑道果真要木頭的我就取了來可有一
句先說下這木頭的可比不得磁的他都是一套這
要吃遍一套方使得劉姥姥聽了心下敁敠道我方
纔不過是趣話取笑兒誰知他果真竟有我時常在
村庄鄉紳大家也赴過席金杯銀杯到都也見過從
來沒見有木頭杯之說哦是了想必是小孩子們使
的木碗兒不過誆我多喝兩碗別管他橫竪這酒蜜
水兒似的多喝点子也無妨想畢便說取來再商量

鳳姐命豐兒到前面裡間書架子上有十個竹根套
杯取來豐兒荅應剛纔要去夗央笑道我知道你這
十個杯還小況且你纔說是木頭的這會子又拿了
竹根的來到不好看不如把我們那裡的黃楊根整
摳的十個大套杯拿來灌他十下子鳳姐笑道更好
了夗央果命人取來刘姥〻又驚又喜驚的一連大
一个挨次大小分下来那大小分下来那大的足似小
盆子第十个極小的還有手里的杯子兩個大喜的

是雕鏤奇絶一色山水樹木人物並有草字以及圖
印因忙説道拿了那小的来就是了怎麽這樣多鳳
姐笑道這个杯没有喝一個的理我們家因没有這
大量的所以没有使他姥姥既要將容易尋出来必
定要挨次吃遍纔使得刘姥姥嚇的忙道這个不敢好
姑奶奶饒了我罷賈母薛姨媽王夫人知道他有年
紀的人禁不起忙笑道説是不可多吃了只吃這頭
一杯罷刘姥姥道阿弥陀佛我還使小杯吃罷把這大

杯收過我帶了家去慢〻的吃罷說的衆人又笑起
来夗央無法只得命人滿斟一大杯刘姥〻兩手捧
着喝賈母薛姨媽都道慢些不要嗆了薛姨媽又令
鳳姐佈了菜鳳姐笑道姥〻要吃什麽說出名兒来我
攃了喂你刘姥〻道我知什麽名兒樣〻都是好的
賈母笑道你把茄鲞攃些喂他鳳姐聽說依言攃了
茄鲞送入刘姥〻口中因笑道你們天〻吃茄子嚐
嚐我們的茄子美的可口不可口劉姥〻笑道别哄

我了跑出這个味兒来了我們不用種粮食只種茄
子了衆人笑道真是茄子我們再不哄你劉姥〻咤
異道真是茄子我白吃了這半日姑奶〻喂我些這
一口細嚼〻鳳姐果又搛了些放入口內劉姥〻細
嚼了半日笑道雖有一点茄子香只是还不像茄子
告訴我是个什麽法子弄的我也弄着吃去鳳姐笑
道這也不難你把纔下来的茄子把皮剝了只要淨
肉切成碎釘子用雞油炸了再用雞脯子肉並香蕈

新笋蘑菇五香腐干各色干菓子俱切成釘子用雞
湯煨乾將香油一收外加糟油一拌盛在磁罐子裡
封嚴要吃時拿出来用炒的雞爪一拌就是劉姥〻聽
了摇頭吐舌說道我的佛祖到得十来隻雞来配他怪
道這个味兒一面說咲一面慢〻的吃完了酒還只管
細玩那盃鳳姐咲道還是不足興再吃一盃罷刘姥〻
忙道了不得那就醉死了我因愛這樣兒虧他怎庅做
了夗央笑道酒吃了到底這杯子是什庅木的劉姥〻

笑道怨不的姑娘不認得你们在這金门綉户的如何
認得木頭我们成日家和樹林子作街坊困了枕着
他睡乏了靠着他坐荒年间餓了还吃他眼睛裡天々
見他耳朵裡天々聽他口兒裡天々講他所以好歹真
假我是認得讓我認来一面說一面細々端详半日道你
们這樣人家斷没有那賤東西那容易得的木頭你们
也不收着了我掂着這杯体重斷乎不是楊木一定是黄
松的衆人聽說哄然大笑起来只見一婆子走来請问

賈母說姑娘們都到了藕香榭請示下就演罷還是
再等一等賈母忙笑道可是到忘了他們就叫他演
罷那婆子答應去了不一時只聽得簫管悠揚笙笛並
發正值風清氣爽之時那樂聲穿林度水而來自然使
人神移心曠寶玉先禁不住拿起壺來斟了一杯一口飲
盡復又斟上纔要飲只見王夫人也要飲命人換煖酒
寶玉連忙將自己的杯捧了過來送到王夫人口邊王夫
人便就他手內吃了兩口一時煖酒來了寶玉仍歸舊坐

王夫人提了煖壺下席来衆人都出了席薛姨娘也立起来賈母忙命李鳯二人接過壺来讓你姑媽坐了大家纔便王夫人見如此說方將壺遞與鳯姐自己歸坐賈母咲道大家吃上兩杯今日着寔有趣說着擎杯讓薛姨媽又向湘雲寶釵道你姐妹兩個也吃一杯你林妹〻雖不大會吃也別饒他說着自己已干了湘雲寶釵黛玉也都干了當下劉姥〻聽的這般音樂且又有了酒越發喜的手舞足蹈起来寶玉因下席過来向黛

玉笑道你瞧刘姥〻的樣子黛玉笑道當日舜樂一奏百
獸率舞如今纔一牛耳衆姊妹都笑了須臾樂止薛
姨媽出席笑道大家酒想也都有了且出去散〻再坐罷
賈母也正要散〻于是大家出席都隨着賈母遊玩賈
母要帶着刘姥〻散悶遂携了刘姥〻至山前樹下
盤桓了半晌又説与他這是什麽樹這是什麽石這是
什麽花這是什麽鳥刘老姥〻一〻領会向賈母道誰知
城裡不但人尊貴連雀兒也是尊貴的偏這雀兒到了

你们這里也要俊了會講話那廊下金架了上站的綠毛紅嘴是鸚哥我是認得的那籠子裡是老鴰怎麼又長出鳳頭来也會説話呢衆人聽了又都笑起来一時只見丫頭們来請用点心賈母道吃了兩杯酒到也不餓也罷就拿到這里來大家隨便吃些罷了丫嬛們聽説便去抬了兩小捧盒揭開看每盒兩樣這盒内是兩樣蒸食藕粉桂糖糕松穰鵞油捲那盒是兩樣炸的一寸来大的小餃兒賈母问是什麼餡子婆子回是螃蟹

的賈母聽了道這會子誰吃這个又看那樣是奶炸
的小麵菓也不喜歡因讓薛姨媽吃薛姨媽揀了一塊
糕賈母揀了一个捲子只嘗了一嘗剩半个遞与了
鬟了刘姥〻因見那小面菓子都玲瓏剔透各式各樣
因揀了一朶牡丹花樣的笑道我鄉里最巧的姐兒們
剪子也不能鉸出這麼个紙的來我又愛吃又捨不得
吃包些家去給他們做花樣子去到好衆人都笑了賈
母笑道你家去我送你一磁罐子你先趂熱吃這个罷別

人不過揀各人爱吃的揀了两点就罷了刘老娘〻原不
曾吃過這些東西且都做的小巧不顯盤堆的他和板
兒每樣吃了些就去了半盤子剩的鳳姐兒又命攢
了两盤並一个攢盒與文官等吃去忽見奶子抱了大
姐兒來大家哄他頑了一回那大姐兒因抱着一个大柚子
頑的忽見板兒抱着一个佛手便也要佛手了嬛子哄
他取去大姐等不得便哭了衆人忙把柚子與了板兒
將板兒的佛手哄過來與他纔罷那板兒頑了半日佛

手此时又两抓着些菓子吃又忽見柚子又香又圓更覓
好頑且當毬踢着頑去也就不要佛手了當下賈母等
吃過茶又帶了劉姥〻至櫳翠庵來妙玉忙接了進去
至院中見花木繁盛賈母笑道到底是他們修行的
人没事常〻的修理比別處越發好看一面說一面便往
東禪堂來妙玉笑往裡讓賈母道我們纔都吃了酒
肉你這裡頭有菩薩沖了罪過我們這裡坐〻把你的
好茶拿來我們吃一杯就去妙玉聽了忙去烹茶來

寶玉留神看他是怎庅行事只見妙玉親自拿了一个海棠花樣雕漆填金雲龍獻壽的小茶盤里面放了一个成窑五彩小盖鍾捧與賈母〃〃道我不吃六安茶妙玉笑道這是老君眉賈母接了又问什庅水妙玉笑道是舊年蠲的雨水賈母便吃了半盞便笑着遞与刘姥〃〃說你嚐〃〃這个茶刘姥〃便一口吃盡道好是好就是淡些〃再熬濃些更好了賈母与衆人都笑起来然後衆人都是一色的官窑脫胎填白蓋

旋那妙玉便把寶釵與黛玉的衣襟一拉二人隨他出來寶玉便悄悄隨後跟了去只見那妙玉讓他二人在耳房内寶釵便坐在榻上黛玉便坐在妙玉的蒲團上妙玉自向炉上煽将了水另泡了一壺茶寶玉便走了進來笑道偏你們吃梯己茶二人都笑道你又赶了來騙茶吃這里並沒你吃的妙玉剛要去取盃只見婆子收了上面的茶盞來妙玉忙命將那成窑的茶盃別收了擱在外頭去罷寶玉會意知為劉姥姥吃了他嫌髒不要了又見那

可厭

妙玉另拿出兩隻杯來一个傍邊有一耳杯上鐫𤓰瓟
斝三个隸字後有一行小真字是晋王愷珍玩又有宋元
豐五年四月眉山蘇軾見于秘府一行小字妙玉便斟了一
斝遞与寶釵那一隻形似鉢而小也有三个垂珠篆
字鐫著杏犀䀉妙玉斟了一䀉与黛玉仍將前番
自己常日吃茶的那隻綠玉斗来斟了與寶玉〃〃咲道
常言世法平等他兩個就用那樣古玩奇珍我就是
个俗器了妙玉道這是俗器不是我說狂話只怕你家

里未必找得出来這庅一个俗器来吃茶寳玉咲道俗话说随鄉入鄉到了你這里自然把這金玉珠寳一槩貶為俗器了妙玉聽如此说十分歡喜遂又尋出一隻九曲十環一百二十節蟠虬整雕竹根一个大盒出来笑道就剩下這一个了你可吃的了這一盆寳玉笑道吃的了妙玉咲道你雖吃的了也没這遭塌豈不聞一杯為品二杯即是解渴的蠢物三杯便是飲牛飲騾的了你吃這一盆更成什庅说的寳釵黛玉寳玉都咲了妙玉執壺只向

海内斟了約有一杯寶玉細〻吃了果覺輕浮無比賞賛不絶妙玉正色道你這遭吃茶是托他两个的福獨你来了我是不給你吃的寶玉笑道我深知道的我也不領你的情只謝他二人便是了妙玉聽了方説這話明白黛玉因問這也是舊年的雨水妙玉冷笑道你這麽个人竟是大俗人連水也嚐不出来這是五年前我在玄墓蟠香寺住着收的梅花上的雪水共得了那一鬼臉青的花甕一甕總捨不的吃埋在地下今年夏天纔開了我

只吃過一回這是第二回了你怎麽嚐不出来隔年蠲
火燥之氣
的雨水那有這樣輕淳如何吃的黛玉知他天性怪僻不
好多話亦不好多坐吃過茶便約寶釵走了出来寶
玉和妙玉陪笑道那茶杯雖然骯髒了白撂了豈不可
惜依我說不如就給了那貧婆子罷他賣了也可以
度日你道可使的妙玉聽了想了一想点頭說道這
也罷了幸而那杯子是我沒吃過的若是我吃過的
我就砸碎了也不能給他你要給他我也不管你只

交給你快拿了去罷寶玉笑道自然如此你那裡合他說話授受去越發連你賍了只交與我就是了妙玉命人拿來遞與寶玉〻〻接了又道等我們出去了我叫几个小么兒往河裡打几桶水來洗他如何妙玉咲道這便好了只是你囑咐他们抬了水擱在山门外頭墻根下别進门來寶玉道這是自然的說着便將那盃遞與賈母房中的小了頭拿着說明日到刘姥〻家去給他帶去罷交代明白賈母已經出來要回

去妙玉亦不甚留送出山门回身便將门閉了不在話下且說賈母因覺身上乏倦便命王夫人和迎春姊妹陪了薛姨媽去吃酒自已便往稻香村來歇息鳳姐忙命人將小竹椅抬來賈母坐上兩个婆子抬起鳳姐李紈和衆丫頭婆子圍隨去了不在話下這里薛姨媽也就辭出王夫人打發文官等出去攢盒散与衆丫頭们吃去自已乘空歇着隨便歪着方纔賈母坐的榻上命小丫頭放下簾子來又命他搥着

嘱吩咐他老太〻那里有信你就对我说着也歪着睡着了寳玉湘雲等看着丫嬛们将攅盒搁在山石上也有坐在山石上的也有坐在草地下的也有靠着樹也有傍着水的到也十分熱鬧一时又見外央来了要帶着刘姥〻各處去瞧〻衆人也都跟着取笑一時来至省親別墅的牌坊底下劉姥〻道噯喲這里有个大廟说着便爬下磕頭衆人都笑彎了腰刘姥〻道笑什麼這牌樓上的字我都認的我们那里這

樣廟宇最多都是這樣的牌坊那字就是廟的名字
衆人咲道你認的是什麽字刘姥〻便抬頭指那字
道這不是玉皇寶殿四个大字衆人笑的拍手打掌
還要拿他去取咲劉姥〻覺的腹內一陣乱響忙的
拉着一個小丫頭要了兩張紙就解衣衆人又是咲
又忙喝道這里使不得忙叫婆子帶了東北角上去
那婆子指与他地方便樂得走開去歇息那刘姥〻因
喝了些酒脾氣不与黄酒相宜且又吃許多油膩飲

食罷渴多吃了幾碗茶不覺大瀉起来蹲了半日方完及出廁来酒被風吹且年老之人蹲了半日忽一起来不覺眼花頭眩辨不出路徑四邊一望皆是樹木山石樓台房舍都不知那一處是往那一路去的了只得順着一條石子鑲的路慢〻的走去及至到了房舍跟前又找不着门再找了半日忽見一帶竹籬刘姥〻心中自忖道這里也有稨豆架子一面想一面順着花障走了来得了一个月洞门進去只見迎面

忽有一帶水池只有七八尺寬石頭砌岸里面水清見底上邊這有一塊白石横架在兩岸列姥〻順着石橋走將過去又轉了兩个灣子只見有一房门于是進了房门只見一个女孩兒滿臉含笑迎將出来列姥〻忙笑道姑娘们把我丢下了要我碰頭碰到這里来說了半日不見那女孩兒答应列姥〻便赶過来拉他的手咕咚一聲撞在板壁上细瞧了一瞧原来是一幅画兒手也未拉的成頭上到碰了一个肐膊列姥〻自忖道原来画兒有

這樣活人一樣的一面想一面看用手摸了一摸却又是一色
平的因点頭嘆了兩聲方一轉身只見有一小門門上掛着
葱綠撒花軟簾劉姥姥便掀簾進去抬頭一看只見四面
墻壁玲瓏琴劍瓶炉皆貼在墻上金珠玉器皆用錦
罩罩好地下鋪的皆碧綠鑿花的話了劉姥姥看的眼花要
尋门出去那里有门左一架書右一架瓶剛從屏後得
了一门轉去只見他親家母也從外面走了進來劉姥姥
咤異忙問道你是見我這几日沒家去找了來但只是

那一位姑娘帶你進來的他親家只是不答應刘姥ㄟ忽
然想起來說是了我常聽見人家說大家富貴人家有
一種穿衣鏡這是我在那鏡子裡呢說畢伸手一抹但覺
冷凉再细看了一看可不是一面雕空紫檀板壁將這
鏡嵌在中间因說這已經攔住如何走的出去呢一面說一面
只管用手摸這鏡子原是西洋机括可以開合不意刘姥ㄟ乱
摸之间其力巧合便撞開消息掩過鏡子露出门来刘姥ㄟ
又驚又喜邁步出来忽見有一付最精致的床帳他此時

又帶了七八分醉又走乏了便一屁股坐在床上只說歇〻不承望身不由已便前仰後合的朦朧着兩眼一歪身就睡熟在床上且說衆人等他不見板兒沒了他姥〻急的哭了衆人都笑道別是吊在茅厠里了快叫人去瞧〻因命兩个婆子去找回來說沒有衆人各處搜尋不見襲人數其道路定是他醉迷了路順着這一條路往我們后院子裡去了若進了花障子到後房門進去雖然碰頭還有小了頭子們知道若不進去花障再往西南上

去遶出去還好若遶不出去可彀他遶會子好的我且瞧瞧
去一面想着一面回来進了怡紅院便叫人誰知那几个
在屋子的小丫頭已偷空頑去了襲人一直進了房门
轉過集錦隔子就聽的鼾齁如雷忙進来只聞得酒
屁臭氣滿屋一瞧只見刘姥姥扎手舞脚的仰卧在床
上襲人這一驚不小慌的忙赶上来將他沒死活的推
醒那刘姥姥驚醒睜開眼見了襲人連忙爬起来道姑
娘我該死了我失錯了並沒弄臟了床一面說一面用手去

擅襲人恐驚動了人被寶玉知道了只向他搖手不叫
他說話忙將當地大鼎內貯了三四把合香仍用罩子罩
上些〻須收拾〻〻所喜不曾嘔吐忙悄〻的笑道不相干有我
呢你隨我出来列姥〻答應着跟了襲人走至小丫頭
子们房中命他坐了向他道你說醉倒在山子石上打了
个盹兒劉姥〻点頭答應又是与他兩碗茶吃方覺
酒醒了因问道這是那位小姐的綉房這樣精致我
就像到了天宫裡一樣襲人笑道這个庅是寶二爺的

卧房刘姥〻唬的不敢作聲驚人帶他從前面出去見了衆人只說他在草地下睡着了帶了他来的衆人都不理會也就罷了一時賈母醒了就在稻香村擺晩飯賈母因覺懶〻的也没吃飯便坐了竹椅小敞轎回至房中歇息命鳳姐等去吃飯他姊妹方復進園来

要知端的且聽下回分解

石頭記第四十二回

蘅蕪君蘭言解疑癖

瀟湘子雅謔補餘香

話説他姊妹復進園來吃過飯大家散出都無別話

且説劉姥姥帶着板兒先來見鳳姐説明日一早定要家去了雖然住了兩三天日子却不多把古往今來沒見過的沒吃過的沒聽過的都經驗了難得老太太和姑娘奶奶並那些小姐們連各房里姑娘們都這樣

憐貧惜老照看我〻這一回去沒別的報德惟有請
些〻高香天〻給你們念佛保佑你們長命百歲的就
筭我的心了鳳姐咲道你別喜歡都是為你老太〻被
風吹病了睡着說不好過我們大姐兒也着了凉在
那里發熱呢劉姥〻聽了忙嘆道老太〻有年紀的
不慣十分勞乏了鳳姐道從來沒像昨兒高興往常
也進園子逛去不過到一兩處坐〻就來了昨兒因
為你在這裡要叫你都逛〻一個園子倒走了多半

个大姐兒因我我去太〻遞了塊糕給他誰知大姐兒吃了就發熱刘姥〻道小姐兒只怕不大進園子生地方小人兒家原不該去比不得我们孩子會走了那墳圈子裡不跑去一則風擈了也是有的二則只怕他身上干淨眼睛又淨或是遇見什庅神了依我說給他瞧〻崇書本子仔細撞客著一語提醒了鳳姐兒便叫平兒拿出玉匣記来著彩明来念彩明翻了一回念道八月二十五日病者東南方得遇花神

用五色紙錢四十張向東南方四十步送之大吉鳳
姐咲道果然不錯園子裡頭可不是花神只怕老太太
也是遇見了一面命人請兩分紙錢來着兩个人來
一个與賈母送祟一个與大姐兒送祟果見大姐兒
安穩睡了鳳姐兒咲道到底是你們有年紀經歷的
多我這大姐兒時常肯病也不知是什麼原故劉姥姥
道這也有的事富貴人家養的孩子多太嬌嫩只自
禁不得一些兒委屈再他小人兒家過於尊貴了也

禁不得一些已後姑奶〻到少疼他些就好了鳳姐道這也有理我想起来他还沒个名字你就給他起个名字借〻你的壽二則你們是庄家人不怕你惱到底貧苦些〻你貧苦人起个名字只怕壓的住他劉姥〻聽說便想了一想咲道不知他是几时生日鳳姐道正是生的日子不好呢可巧是七月初七日劉姥〻忙咲道這个正好就叫他作巧哥兒好這叫作以毒攻毒以火攻火的法子姑奶〻定要依我這名字也可必

長命百歲日後大了各人成家立業或一時有不遂心的事必然是遇難成祥逢凶化吉都從這巧字上来鳳姐聽了自是喜歡忙道謝又咲道只保佑他應了你的就好了說着叫平兒来吩咐道明兒咱們有事恐怕不得閒兒你這空兒閒着把送姥姥的東西打点了他明兒一早就好走的便宜了劉姥姥忙說不敢多破費了已經遭擾了几日又拿着走越發心里不安起来鳳姐兒道也沒有什庅不過隨常東西好也罷歹也罷帶

了去你们街坊隣舍看着也熱鬧些々也是上城一次說
着只見平兒走来說姥々過這邊瞧々劉姥々忙跟
了平兒到那邊房裡只見堆着半炕東西平兒一々的
拿与他瞧着又說道這是昨兒你要的青紗一疋奶々
另外送你一个實地子月白紗作裡子這是兩个繭
紬作袄兒裙子都好這包袱里是兩疋紬子年下作件
衣裳穿這是一盒子各樣內造点心也有你吃過的也
有沒吃過的拿去擺碟子請客比你们買的強些々這

兩條口袋是你昨兒裝瓜菓子來的如今這一个裡頭
裝了兩斗玉田粳米熬粥是難得的這一條裡是園
子裡的菓子和各樣干菓子這一包是八兩銀子這
都是我們奶〻的這兩包每包裡頭五十兩共是一百
兩是太〻給的叫你們拿去或者做个小本買賣或者
置几畝地已後再別求親靠友的說著又悄〻的咲道
這兩件襖兒和兩件裙子還有四塊包頭一包絨綫可
是我送姥〻的那衣裳雖是舊的我也沒大狠穿你要

棄嫌我就不敢說了平兒說一様劉姥〻就念了一句佛
已经念了几千佛了又見平兒也送他這些東西又如
此謙遜忙念佛道姑娘說那里话這様好東西我还棄
嫌我便有銀子還沒處買這様去呢只是我怪燥的
收了又不好不收又辜負了姑娘的心平兒笑道休
說外话咱們都是自已我纔這様你放心收罷我還
和你要東西呢到年下你只把你們晒的那灰條菜
乾子和豇豆扁豆茄子葫芦條兒各様乾菜帶些〻來

我们這里上〻下〻都愛吃這个就筭了别的一概
不要别囧貴心劉姥〻千恩萬謝的答應了平兒道
你只管睡你的去我替你收什妥當了就放在這裡
明兒一早打發小厮们僱了車裝上不用你費一点
心兒劉姥〻越發感謝不盡過来又千恩萬謝的辞
了鳳姐過賈母這邊睡了一夜次日梳洗了就要告
辞回賈母欠安衆人都過来請安出去傳大夫一時
婆子回大夫来了老太〻進幔子去坐賈母道我也

老了那里養不出那阿物兒來還怕他不成不要放
幔子就這樣瞧罷眾人聽了拿過一張小桌子來放
一个小枕頭便命人請一時只見賈珍賈璉賈蓉三
人將王太醫領來王太醫不敢走甬路只走傍階跟
着賈珍到了階磯上早有兩个婆子在兩邊打起簾
子兩个婆子在前引進去寶玉又迎了出來只見賈 丑
穿着青縐紬一斗珠的羊皮褂子端坐在榻上兩邊四个
未留頭的小丫嬛都拿着蠅帚漱盂等物又有五六个

老嬷〻雁翅擺在兩傍碧紗廚後隱〻約〻有許多穿
紅着綠戴簪珠的人王太醫便不敢抬頭忙上請了安
賈母見他穿着六品服色便知御醫也含咲問供俸好
因問賈珍這位供俸貴姓賈珍等忙回姓王賈母咲
道當日太醫院正堂有个王君効好脉息王太
醫忙躬身低頭含咲回說那是晚生的家叔祖賈母
笑道原是這樣也算世交了一面說一面伸手放在小
枕上老嬷〻端着一張小杌連忙放在小桌前面略

偏些ゝ王太醫便屈一膝坐下歪着頭胗了半日又胗了
那隻忙欠身低頭退出賈母笑說勞動了珍兒讓出
好生看茶賈珍賈璉等忙答了几个是復領王大醫出
到外書房中王大醫說太夫人並無別症偶感了一点風
凉究竟不用吃藥不過略清淡些ゝ常煖着一点就好了
如今寫了方子在這里若老人家愛吃便按方煎一劑
吃若懶待吃也就罷了說着吃過茶寫了方子剛要告
辭只見奶子抱了大姐兒出來笑說王老ゝ爺也瞧ゝ我

們王太醫聽説忙起身就奶子懷中左手挽着大姐的手右手胗了一胗又摸了摸頭又交伸出舌頭来瞧〻笑道我説了姐兒又罵我了只是要清〻淨〻的餓兩頓就好了不必吃煎藥我送丸藥来臨睡時用姜湯研開吃下去就是了説畢作辭而去賈珍等拿了藥方来回明賈母原故將藥方放在桌上出去不在話下這裡王夫人和李紈鳳姐寶釵姊妹等見大夫出去方從橱后出来王夫人畧坐一坐也回房去了劉姥〻見無事方上